Chant Slogans in English
一口氣背呼口號英語

劉 毅 主編

Christian Adams 執筆 / Laura E. Stewart 校對

這是一本獨一無二學英文的書。

大聲呼口號，可快速改變嘴部發音的肌肉，
從習慣說中文，改成習慣說英文。

學英文，背極短句就對了

　　傳統式學英文的方法，強調文法，但是，英文是先有語言，才有語法；先有句子，才有文法。人類為了學英文，花費太大的功夫，花費太多時間在文法上，以為學了文法就會造句，但他們忽略了很多句子無法用文法歸納，「呼口號英語」就是其中之一。一般人說：Believe in yourself. (相信自己的力量。)【省略主詞 You】但是「呼口號英語」就要說成：Believe in ourselves. 【省略主詞 We】你看看，用文法學英文，有時反倒變成學習的障礙。

　　我們發明的「一口氣英語」系列，是以三句一組，九句一回的編排方式，容易背，不容易忘，用背過的句子說出來有信心。「一口氣背呼口號英語」是讓同學喊出來，呼口號能激勵人心，老師帶同學呼口號，呼多了，大家說起英文來都有信心。編者曾經在濟南的「中國培訓教育聯盟」年會上，帶著英文老師呼口號，大家都認為，這種學英文的方法太棒了。大聲喊一句，等於小聲說 10 句，喊到喉嚨啞的時候，你的英文自然流利。

　　「劉毅英文」每次上課前，都有帶同學呼口號，導師和同學，英文無形中進步，上課精神變得飽滿。一般人學語言容易忘，因為學了沒有使用。「一口氣背呼口號英語」學了馬上可以用，也可以隨時將「呼口號英語」用在日常生活中，鼓勵自己和別人。建議老師訓練同學帶同學喊，能夠站出來領導大家喊的，就是領袖。英文好、又有領導能力，前途無限。

　　本書是由美籍老師 Christian Adams、Edward McGuire 編寫，由 Laura E. Stewart 負責校對，由謝沛叡老師負責編輯，謝靜芳老師、蔡琇瑩老師協助校對，白雪嬌小姐負責設計封面，黃淑貞小姐和蘇淑玲小姐負責設計版面，我很感謝他們的付出。本書雖經審慎編校，疏漏之處恐所難免，誠盼各界先進不吝指正。

劉毅

CONTENTS

1. Dream big dreams.

Dream big dreams.
Reach for the stars.
The sky is our limit.

Shoot the moon.
Step up to the plate.
Swing for the fences.

Follow our passion.
Follow our hearts.
Anything is possible.

這一回的九句話，是勉勵大家要有遠大的夢想
（Dream big dreams.），要設定不易達成的目標
（Reach for the stars.），天空才是我們的極限，我
們的潛力無限大（The sky is our limit.）。要達成不
可能的任務（Shoot the moon.），有夢想，就要開始
行動（Step up to the plate.），奮力一搏（Swing for
the fences.）。只要跟著自己的愛好（Follow our
passion.），跟隨自己的心意（Follow our hearts.），
任何事都有可能（Anything is possible.）。

【背景說明】

1. ***Dream big dreams.*** (要有遠大的夢想。)

   美國人常喜歡說：Dream big dreams.，
   鼓勵別人要有遠大的夢想。美國總統歐巴
   馬給一位十歲小女孩的親筆簽名，也附加
   了這句鼓勵她的話。

   Dream big dreams

2. ***Reach for the stars.*** (設定不易達成的目標。)
   reach for 伸手去拿

   這句話字面意思是「要伸手去摘星星。」引
   申為「要設定不易達成的目標」。

3. ***The sky is our limit.*** (我們的潛力無限大。)
   limit〔'lɪmɪt〕*n.* 界線；界限；極限
   (= *extreme* = *extremity*)

   這句話的字面的意思是「天空是我們的界限。」引申為「我
   們的潛力無限大。」

4. ***Shoot the moon.*** (要達成不可能的任務。)
   shoot〔ʃut〕*v.* 射擊

   這句話也可說成：Shoot for the moon.
   字面的意思是「射下月亮。」因為距離太
   遙遠，要射下月亮幾乎是不可能的事，

   引申為「要達成不可能的任務。」這句話和 Aim high.
   Dream big dreams. Reach for the stars. 意思相同。

追求卓越

5. ***Step up to the plate.*** (要開始行動。)
   step up 走上前來 (= *go up*)　　plate 〔 plet 〕 *n.* 薄板；盤子

   這裡的 the plate 指的是棒球比賽中的 home plate，也就
   是「本壘板」。這句話的字面意思是當一名棒球員準備擊球
   時，拿起球棒「走上本壘板。」引申為「開始行動。」例：
   It's time for Tom to ***step up to the plate*** and take on
   his share of work. (該是湯姆開始行動、承擔他份內工作的
   時候了。)

6. ***Swing for the fences.*** (奮力一搏。)
   swing 〔 swɪŋ 〕 *n.* (振臂) 打
   fence 〔 fɛns 〕 *n.* 圍牆；籬笆

   這句話原來是棒球術語，意思是打者「揮棒試圖擊出全壘
   打。」從字面意思來看，棒球比賽中的打者用盡全力揮棒
   擊中球，擊球的力道還能使球高飛到棒球場外，越過 the
   fences (圍牆)，實屬不易，引申為「奮力一搏。」也就是
   「盡全力做出一番事業。」(= *Do something extremely
   ambitious.*)

7. ***Follow our passion.*** (跟著自己的愛好走。)
   passion 〔ˈpæʃən〕 *n.* 熱情；熱愛；愛好

8. ***Follow our hearts.*** (跟隨自己的心意。)
   這句話也可以說成：Be true to ourselves. (忠於自己。)

9. ***Anything is possible.*** (任何事都有可能。)
   這句話也可以說成：Nothing is impossible. (沒有事情是
   不可能的。)

2. *Go the extra mile.*

Go the extra mile.
Go the extra distance.
Leave no stone unturned.

If it's worth doing, it's worth doing well.
Lay it all on the line.
Be all that we can be.

Put our shoulders to the wheel.
Put our ducks in a row.
Put our noses to the grindstone.

　　這一回是要提醒大家築夢踏實的重要，要格外努力去實踐 (Go the extra mile. Go the extra distance.)，要千方百計，想盡辦法達成 (Leave no stone unturned.)，因為完成夢想是值得做的事，就應該做到最好 (If it's worth doing, it's worth doing well.)，盡最大的努力 (Lay it all on the line.)，發揮我們的潛力 (Be all that we can be.)。但距離完成夢想的路上一定有許多困難需要克服，所以要努力工作 (Put our shoulders to the wheel.)，做好萬全的準備 (Put our ducks in a row.)，努力奮鬥 (Put our noses to the grindstone.)。

【背景説明】

1. ***Go the extra mile.*** (要特別努力。)
   extra〔ˈɛkstrə〕*adj.* 額外的

   這句話的字面意思是「多行額外的一哩路」，引申為「要特別
   努力」(= *Do more and make a greater effort.*) 或者「為
   達成目標而做比預期更多的努力。」(= *Do more than one is
   required to do in order to reach the goal.*) go 可用 walk
   取代。例如：He is always willing to ***walk the extra mile***
   to do things right. (他總是願意加倍努力，把事情做好。)

2. ***Go the extra distance.*** (要格外努力。)
   distance〔ˈdɪstəns〕*n.* 距離

   這句話也可以説成：Do more things than what is required. 。

3. ***Leave no stone unturned.*** (要千方百計，想盡辦法。)
   leave〔liv〕*v.* 使處於 (某種狀態)
   unturned〔ʌnˈtɜnd〕*adj.* 沒有翻轉的

   這句話字面的意思是「不讓任何一顆石頭沒有被翻轉。」引申
   為「想盡辦法；盡一切手段。」(= *Do everything that you
   can in order to achieve something.*)

4. ***If it's worth doing, it's worth doing well.***
   (如果這是值得做的事情，就值得把它做好。)

   這句話是諺語，也可説成：If a job is worth doing, it's
   worth doing well. 在此也約略意同於「盡自己最大的努
   力。」(= *Give it your best effort.*) 或是「不要半途而廢。」
   (= *Don't do things halfway.*)

5. ***Lay it all on the line.*** (盡最大的努力。)
   lay〔le〕*v.* 放置　　line〔laɪn〕*n.* 線
   lay…on the line 將…做賭注

這句話源自於賭博，字面的意思是「把所有東西都做為賭注。」引申為「盡自己所能。」或「盡最大的努力。」(= *Make the maximum effort.*) 或「付出我們的所有。」(= *Give it all we've got.*)

6. ***Be all that we can be.*** (發揮我們所有的潛力。)

這句話是字面的意思是「成為我們所有能成為的。」引申為「發揮我們所有的潛力，成為最好的自己。」(= *Realize our full potential.*)

7. ***Put our shoulders to the wheel.*** (努力工作。)

shoulder〔ˈʃoldə〕*n.* 肩膀   wheel〔hwil〕*n.* 輪子；車輪

put** one's **shoulders to the wheel 努力工作

這句話字面的意思是「以我們的肩膀去推車輪。」引申為「努力工作。」(= *Work diligently.* = *Get down to business.*)

8. ***Put our ducks in a row.*** (做好萬全的準備。)

duck〔dʌk〕*n.* 鴨子   row〔ro〕*n.* 排

這句話字面的意思是「讓我們的鴨子排成一列。」當鴨子集體要出發時，都會排成一列隊伍行動，引申為「確保所有的狀態都已就定位。」即「做好萬全準備。」(= *Be organized.* = *Be prepared for anything.*)

9. ***Put our noses to the grindstone.*** (努力奮鬥。)

grindstone〔ˈgraɪndˌston〕*n.* 磨石；砂輪

put** one's **nose to the grindstone 辛苦工作

這句話字面的意思是「把我們的鼻子對著磨石。」引申為「努力奮鬥。」(= *Apply ourselves conscientiously to our work.*) 這句話的 put 可用 get、keep 或 have 來代換。

Put our noses to the grindstone.

追求卓越

3. Try our best.

Try *our best*.
Do *our best*.
Give it *our best* shot.

Give our all.
Give everything we've got.
Give one hundred and ten percent.

Don't pull any punches.
Don't drop the ball.
We will fight to the bitter end.

　　這一回的九句話，是要激勵自己和他人，我們要
盡全力 (Try our best. Do our best. Give it our
best shot.)，我們要付出所有，全力以赴 (Give our
all. Give everything we've got. Give one hundred
and ten percent.)，毫無保留 (Don't pull any
punches.) 去達成自我期許及夢想，千萬別因為挫折
而失去目標(Don't drop the ball.)，要堅持做對的事，
要堅持到最後 (We will fight to the bitter end.)。

【背景說明】

1. **Try our best**. (盡力。)

2. **Do our best**. (盡全力。)

3. **Give it our best shot**. (盡我們最大的努力。)
   shot〔ʃɑt〕n. 射擊;投籃

   這句話源自於投籃、射擊及射箭比賽,
   字面的意思是「做出最佳的射籃、射擊、
   射箭。」在此引申為「盡最大的努力。」
   (= *Give it our best effort*.) 句中的 it
   可以指任何我們想達成的事。

   shot

4. **Give our all**. (付出我們的全部。)

5. **Give everything we've got**. (付出我們的所有。)
   we've got = we have got

6. **Give one hundred and ten percent**.
   (付出百分之兩百。)

   這句話字面的意思是「付出百分之一
   百一十。」引申為「努力超越自己的
   能力。」(= *Exceed our capacity*.)
   以上三句口號都傳達同樣的概念,
   「付出所有,全力以赴。」(= *Go all
   in, and exceed our capacity*.)

7. ***Don't pull any punches.*** (毫無保留。)

pull〔pʊl〕v. 拉；拖　　punch〔pʌntʃ〕n. 拳；力量
not pull any punches 毫不保留 (= *pull no punches*)

這句話源自拳擊賽的習慣用語，有時拳擊手會因爲手骨
受傷之類的原因而「沒有用力出拳」時，就叫作 pull the
punches。但通常拳擊手在比賽時出拳一定會「竭盡全
力」，也就是 pull no punches。這句話字面的意思是
「不要拉回任何力道。」引申爲「毫無保留。」(= *Don't
hold back.*) 也就是「用盡全力。」(= *Give maximum
effort.*)。這句慣用語通常用於毫不保
留告訴別人你的看法，例如：John is
a straightforward guy. He speaks
the truth and does***n't pull any
punches.*** (約翰是個直來直往的傢伙。
他講眞話，而且毫不保留。)

Punch

8. ***Don't drop the ball.*** (不要失去目標。)
drop the ball 不小心失誤而無法達成目標

drop the ball 源自球類比賽中的「掉球失分。」而整句話
字面的意思是「不要掉球。」引申爲「不要失去目標。」或
「不要搞砸。」(= *Don't screw up.*)

9. ***We will fight to the bitter end.*** (我們將會堅持到底。)
bitter〔'bɪtɚ〕adj. 痛苦的；苦的
to the bitter end 堅持到底；拼到底

　　這句話字面的意思是「我們會戰鬥到痛苦的結束。」引
申爲「我們將會堅持到底。」也可以説「我們不會放棄。」
(= *We won't give up.*)

4. Push ourselves to excel.

Push *ourselves* to excel.
Force *ourselves* to achieve.
Don't waste our one chance in life.

Too much is never enough.
This is where the rubber meets the road.
Don't blow this opportunity.

Test our limits.
Never settle for second best.
The clock is ticking.

這一回是要激勵自己和他人，要鞭策自己表現傑出
(Push ourselves to excel.)，強迫自己要成功 (Force
ourselves to achieve.)，不要浪費我們一生難得的機會
(Don't waste our one chance in life.)。

再多的努力也不夠多 (Too much is never enough.)，
實際發揮應用，而不要只是空想 (This is where the
rubber meets the road.)，勿錯失良機 (Don't blow this
opportunity.)。

　　要測試我們的極限（Test our limits.），我們的目標就是要當最好的，絕不退而求其次（Never settle for second best.），所以我們要把握時間（The clock is ticking.）。

【背景説明】

1. ***Push ourselves to excel.*** (要鞭策自己表現傑出。)
   push〔puʃ〕*v.* 鞭策
   excel〔ɪkˈsɛl〕*v.* 勝過；優於；表現傑出

   這句話字面的意思是「要鞭策自己勝過別人。」也就是「要鞭策自己表現傑出。」約略意同於「挑戰自己的極限。」（= *Push ourselves to the limit.*）

2. ***Force ourselves to achieve.*** (強迫自己要成功。)
   force〔fors〕*v.* 強迫　　achieve〔əˈtʃiv〕*v.* 達到目的；成功

3. ***Don't waste our one chance in life.***
   (不要浪費我們一生難得的機會。)
   one chance in life 一生難得的機會

4. ***Too much is never enough.*** (再多也不夠。)

5. ***This is where the rubber meets the road.***
   (實際發揮應用，而不只是空想。)
   rubber〔ˈrʌbɚ〕*n.* 橡膠；橡膠製品

   where the rubber meets the road 出自 1960 年代 Firestone 輪胎的廣告口號。橡膠是製造輪胎的主要原料，要知道輪

追求卓越

胎的品質好不好，最好的方法就是上路跑一跑便知分曉，
隱含的意思是「唯有透過實地測試，付諸實踐，才是驗證真理
的最佳途徑。」引申為「要實際發揮應用，而不只是空想。」
例如：Athletes can train all day, but the race *is where
the rubber meets the road* and they will know how
good they really are. (運動員不間斷訓練，而賽跑就是讓他
們平日的鍛鍊發揮作用的時候，他們也會知道自己真正的實力。)

6. ***Don't blow this opportunity.*** (勿錯失良機。)
   blow〔blo〕*v.* 吹；毀壞
   opportunity〔ˌɑpɚ'tjunətɪ〕*n.* 機會
   blow an opportunity 搞砸機會；浪費機會

7. ***Test our limits.*** (測試我們的極限。)
   limit〔'lɪmɪt〕*n.* 極限；限度

8. ***Never settle for second best.*** (絕不退而求其次。)
   settle for 勉強接受；滿足於 (= *be satisfied with*)

   這句話字面的意思是「絕不勉強接受第二好的。」引申為
   「絕不退而求其次。」
   【比較】second to none (不亞於任何人或事物；首屈一指。)

9. ***The clock is ticking.*** (我們要把握時間。)
   tick〔tɪk〕*v.* 發出滴答聲

   這句話字面的意思是「時鐘一直在發
   出滴答聲。」隱含的意思是「時間不
   停地在流逝。」引申為「我們要把握
   時間。」

5. Study hard.

Study hard.
Hit the books.
No pain, no gain.

We have a thirst *for* knowledge.
We have a passion *for* information.
We have a hunger *for* success.

Burn the midnight oil.
Burn the candle at both ends.
There is no alternative to hard work.

　　這一回的九句話，是用來激勵同學們要用功讀書
（ Study hard. ），認眞唸書（ Hit the books. ），因爲不
勞則無獲（ No pain, no gain. ）。我們渴求知識（ We
have a thirst for knowledge. ），我們熱愛新知（ We
have a passion for information. ），我們渴望成功
（ We have a hunger for success. ），所以我們要挑燈
夜戰（ Burn the midnight oil. ），要廢寢忘食（ Burn
the candle at both ends. ），要成爲卓越的人，努力是
不二法門（ There is no alternative to hard work. ）。

【背景説明】

1. *Study hard*. (要用功讀書。)

2. *Hit the books*. (認眞唸書。)

   hit〔hɪt〕*v.* 打；打擊

   這句話字面的意思是「打擊書本。」意象上有種表達「要和書本對戰了」的感覺，引申爲「要認眞唸書。」或「要 K 書。」

3. *No pain, no gain*. (不勞則無獲。)

   pain〔pen〕*n.* 辛勞　　gain〔gen〕*n.* 獲得

   pain 的基本意思是「痛苦」，英式英語中，pains 作「辛勞」解，美式英語中，pain 也可作「辛勞」解。No pain, no gain. 是條件句的省略形式，來自：*If there is no pain, there is no gain.* 而 No pains, no gains. 是英式用法，現在美國人都説：*No pain, no gain*. (不勞則無獲。)

4. *We have a thirst for knowledge*. (我們渴求知識。)

   thirst〔θɝst〕*n.* 渴望

   thirst for knowledge 求知的渴望

   這句話也可説成：We have a desire to know. (我們有求知的渴望。) 或 We have a lust for learning. (我們有學習的渴望。)【desire〔dɪ'zaɪr〕*n.* 渴望　　lust〔lʌst〕*n.* 渴望】

5. *We have a passion for information*.
   (我們熱愛新知。)

   passion〔'pæʃən〕*n.* 熱情；熱愛；愛好

   information〔,ɪnfɚ'meʃən〕*n.* 情報；資料；資訊

這句話字面的意思是「我們對資訊有熱情。」對資訊有熱情
代表渴望學習新的資訊，引申為「我們熱愛新知。」

6. *We have a hunger for success.*（我們渴望成功。）
hunger〔'hʌŋgɚ〕*n.* 飢餓；渴望
have a hunger for 渴望得到（= *have a hunger after*）

7. *Burn the midnight oil.*（要挑燈夜戰。）
burn〔bɝn〕*v.* 燃燒
midnight〔'mɪd,naɪt〕*n.* 半夜；午夜
burn the midnight oil 熬夜（= *stay up* = *pull an all-nighter*）

這句話字面的意思是「要燃燒午夜的油燈。」從早到晚不斷
地努力，直到了午夜還需點燈繼續，引申為「要挑燈夜戰。」

8. *Burn the candle at both ends.*（要廢寢忘食。）
candle〔'kændl〕*n.* 蠟燭　　end〔ɛnd〕*n.* 一端；一頭

這句話字面的意思是「要一根蠟燭兩頭燒。」可想而知，在
這種情況下，蠟燭很快就會燃燒殆盡了，隱含的意思是
「要過份耗費體力或錢財。」引申為「要廢寢忘食。」

9. *There is no alternative to hard work.*
（努力是不二法門。）
alternative〔ɔl'tɝnətɪv〕*n.* 另一個選擇；替代方案
hard work 努力

這句話字面的意思是「努力工作之外沒有其他的選擇。」引申
為「努力是不二法門。」

6. *We can feel it.*

We can feel it.
We will achieve success.
We can taste the victory.

We expect great things.
We expect achievement.
We have high standards.

We put in time.
We put in effort.
We deserve to win.

　　這一回的九句話,是給自己和他人建立信心的
口號,我們可以感覺到 (We can feel it.),我們一
定會成功 (We will achieve success.),我們可以
品嚐到勝利的滋味 (We can taste the victory.)。

　　我們期待會發生很棒的事 (We expect great
things.),我們期待能有所成就 (We expect
achievement.),我們的標準很高 (We have high
standards.)。

但要達成目標的前提是，我們要投入時間（We put in time.），我們要投入努力（We put in effort.），這樣我們就應當要成功（We deserve to win.）。

【背景說明】

1. ***We can feel it.*** (我們可以感覺到。)

   這句話也可說成：We can sense it.

   【sense〔sɛns〕v. 感覺到；意識到】

2. ***We will achieve success.*** (我們一定會成功。)

   achieve〔ə'tʃiv〕v. 達成；（經努力而）獲得

   achieve success 成功

3. ***We can taste the victory.*** (我們可以品嚐到勝利的滋味。)

   taste〔test〕v. 體驗；嚐到

   victory〔'vɪktərɪ〕n. 勝利

   這些話是美國人常常說的，不僅呼口號可以用，日常生活中也可以用。

4. ***We expect great things.*** (我們期待會發生很棒的事。)

   expect 可作「預料；預期」或「期待；等待」解，在此作「期待」解。【great〔gret〕adj. 很棒的】

   這句話也可說成：We believe amazing things will happen.
   (我們相信會發生很棒的事。)

5. ***We expect achievement.*** (我們期待能有所成就。)

   achievement〔ə'tʃivmənt〕n. 成就

追求卓越

這句話也可說成：We anticipate success. (我們期待能成功。)【anticipate〔æn'tɪsə,pet〕v. 期待；期望】

6. **We have high standards.** (我們的標準很高。)
standard〔'stændəd〕n. 標準

這句話也可說成：We want to be the best in all things. (無論做什麼事，我們都想要做到最好。)

7. **We put in time.** (我們投入時間。)
put in 投入

這句話也可說成：We will spend the time. 或 We will take the time. 都表示「我們願意花時間。」

8. **We put in effort.** (我們投入心力。)
effort〔'ɛfət〕n. 努力

這句話也可說成：We will make the effort. (我們會努力。)
【**make an effort** 努力】

9. **We deserve to win.** (我們應當要成功。)
deserve〔dɪ'zɜv〕v. 應該
win 可作「贏得；獲得」或「獲勝；成功」解，在此作「獲勝」解釋。

這句話字面的意思是「我們應該獲勝。」引申爲「我們應當要成功。」

7. *Seek challenges*.

Seek challenges.
Don't back down.
Tough tasks make us stronger.

Stand up for *ourselves*.
Defend *ourselves*.
Dedicate *ourselves* to the cause.

Exceed our limitations.
Exceed our expectations.
Take it to the next level.

　　這一回的九句話，是激勵自己和他人為了讓自己
成為更好的人，要更進步，所以我們要尋求挑戰（Seek
challenges.），遇到挫折和困難，不要退縮（Don't
back down.），因為困難的工作使我們更堅強（Tough
tasks make us stronger.）。

　　為我們自己撐腰（Stand up for ourselves.），為
我們自己辯護（Defend ourselves.），把自己奉獻給
我們的理想（Dedicate ourselves to the cause.）。

超越我們的極限（Exceed our limitations.），超越我們的預期（Exceed our expectations.），而且好還要再更好（Take it to the next level.）。

【背景説明】

1. *Seek challenges.*（要尋求挑戰。）
   seek〔sik〕*v.* 尋求　　challenge〔'tʃælɪndʒ〕*n.* 挑戰

2. *Don't back down.*（不要退縮。）
   back down 退縮；放棄；打退堂鼓

3. *Tough tasks make us stronger.*
   （困難的工作使我們更堅強。）
   tough〔tʌf〕*adj.* 困難的；棘手的；費勁的
   task〔tæsk〕*n.* 任務；工作

   很多人看到新的挑戰就退縮，成功者看到挑戰，反而視爲是一次機會。Tough tasks make us stronger. 是一個常用的句型。下面都是美國人常説的話：

   Chicken soup *makes us* stronger.（雞湯使我們更強壯。）
   Spinach *makes us* stronger.（菠菜使我們更強壯。）
   Fish *makes us* smarter.（吃魚會讓我們更聰明。）
   Football *makes us* tougher.（橄欖球會讓我們更堅強。）
   Exercise *makes us* healthier.（運動使我們更健康。）

4. *Stand up for ourselves.*（要爲我們自己撐腰。）
   stand up for 支持；護衛

   這句話字面的意思是「要支持我們自己。」引申爲「要爲我們自己撐腰。」

5. *Defend ourselves.*（要為我們自己辯護。）
defend〔dɪ'fɛnd〕v. 防禦；捍衛；保護；為…辯護

6. *Dedicate ourselves to the cause.*
（要致力於我們的理想。）　　*dedicate oneself to* 致力於

cause 可作「原因；起因」、「理由；動機」，或是「目標；
理想；事業」解，在此作「理想」解。也可說成：Be
dedicated to our goal.（要致力於我們的目標。）
【*be dedicated to* 致力於】

7. *Exceed our limitations.*（要超越我們的極限。）
exceed〔ɪk'sid〕v. 超過
limitation〔,lɪmə'teʃən〕n. 極限；限度

這句話也可說成：Do better than you thought you
could.（要做得比自己想像的要好。）或 Overcome your
weakness.（要克服你的缺點。）

8. *Exceed our expectations.*（要超越我們的預期。）
expectation〔,ɛkspɛk'teʃən〕n. 期待；預期

這句話也可說成：Strive for perfection.（要努力達到完
美。）【*strive*〔straɪv〕v. 努力】

9. *Take it to the next level.*（好還要再更好。）
level〔'lɛvḷ〕n. 層次；等級

這句話字面的意思是「要帶它進入到下一個等級。」隱含
的意思是「在現階段成功的事物上再做更進一步的改善。」
（= *Further develop something that is already successful.*）
引申為「好還要再更好。」

8. *We won't accept mediocrity*.

We won't accept mediocrity.
We want to grow.
We will strive for excellence.

We call the shots.
We run the show.
We are in charge.

Let's turn over a new leaf.
Let's have the courage to change.
Let's create a difference for success.

　　這一回的九句話，是用來激勵自己和他人要追求卓越，我們不能接受普普通通（We won't accept mediocrity.），我們要成長（We want to grow.），我們要努力做到最好（We will strive for excellence.）。

　　路是人走出來的，命運掌控在我們自己手上，我們發號施令（We call the shots.），我們是主角（We run the show.），我們當家作主（We are in charge.）。

讓我們有個煥然一新的開始 (Let's turn over a new leaf.)，我們要有改變的勇氣 (Let's have the courage to change.)，讓我們創造不同凡響的成功 (Let's create a difference for success.)。

【背景說明】

1. ***We won't accept mediocrity.***
   (我們不能接受普普通通。)
   mediocrity〔͵midɪˈɑkrətɪ〕*n.* 平凡；平庸

2. ***We want to grow.*** (我們要成長。)
   grow〔gro〕*v.* 成長

3. ***We will strive for excellence.*** (我們要努力做到最好。)
   strive〔straɪv〕*v.* 努力 < *for* >
   excellence〔ˈɛksl̩əns〕*n.* 優秀；傑出；卓越

4. ***We call the shots.*** (我們發號施令。)

   call the shots 源自於部隊的上級長官「下令開槍」，引申爲「做決定」。所以這句話的意思是「我們做決定；我們發號施令。」(= *We make decisions.*)，也就是「我們說了算。」(= *We say so.*)

5. ***We run the show.*** (我們是主角。)
   run 當及物詞時，可作「開動 (機器)」或「經營；管理；主導」解，在此作「主導」解。【show〔ʃo〕*n.* 秀；表演】
   這句話字面的意思是「我們主導這場表演。」引申爲「我們是主角。」

追求卓越

6. *We are in charge.* (我們當家作主。)

   in charge 負責管理

   這句話字面的意思是「由我們負責管理。」引申為「我們當
   家作主。」

7. *Let's turn over a new leaf.*

   (讓我們有個煥然一新的開始。)

   turn over 翻轉；翻過

   leaf〔lif〕*n.* (書籍等的) 一張；一頁

   這句話是字面的意思是「讓我們翻開
   新的一頁。」隱含的意思是改過自新，
   或者思想觀念上的破舊立新。引申
   為「讓我們有個煥然一新的開始。」
   (= *Let's make a fresh start.*)

   turn over a new leaf

8. *Let's have the courage to change.*

   (我們要有改變的勇氣。)

   這句話的意思是「讓我們有勇氣去改變。」也就是「我們要
   有改變的勇氣。」

9. *Let's create a difference for success.*

   (讓我們創造不同凡響的成功。)

   create〔krɪ'et〕*v.* 創造

   這句話是字面的意思是「讓我們創造一個不一樣的成功。」
   引申為「讓我們創造不同凡響的成功。」

9. *Believe in ourselves*.

Believe in ourselves.
Our potential is unlimited.
The world is ours to conquer.

Many are called, few are chosen.
Fortune favors the brave.
Opportunity knocks but once.

Be confident.
Be assertive.
We must grab the tiger by the tail.

　　這一回的九句話，是告訴大家相信自己（Believe in ourselves.），我們的潛力是無限的（Our potential is unlimited.），世界等著我們去征服（The world is ours to conquer.）。

　　要相信自己是會成功的那些少數人（Many are called, few are chosen.），要相信自己是受幸運之神眷顧的（Fortune favors the brave.），而機不可失

(Opportunity knocks but once.)，所以要勇敢把握機會，要有信心 (Be confident.)，要有衝勁 (Be assertive.)，要不怕危險 (We must grab the tiger by the tail.)。

【背景説明】

1. *Believe in ourselves.* (相信自己。)

這句話源自 We believe in ourselves.，一般説來，命令句都是省略 You，在這裡因爲是口號，省略 We。寫文章或演講時，就要説成：We believe in ourselves.。

believe in「相信~的價值、能力等」。任何及物動詞，加上介詞，必然形成一個不同意義的成語。believe 是「相信」，believe in 則是「相信~的存在、價值、能力等」，在不同的句子中、不同的情況下，會有不同的意思。

2. *Our potential is unlimited.* (我們的潛力無限。)
   potential ﹝ pə'tɛnʃəl ﹞ *n.* 潛力
   unlimited ﹝ ʌn'lɪmɪtɪd ﹞ *adj.* 無限的

3. *The world is ours to conquer.* (這個世界由我們來征服。)
   conquer ﹝'kɑŋkə﹞ *v.* 征服

4. *Many are called, few are chosen.*
   (大多數人不會成功，只有少數人會成功。)

   這句話源自 Many are called to fight, but few are chosen for battle. 字面的意思是「很多人被徵召去打仗，但只有少數人被選出來上戰場。」引申爲「大多數人不會成功，只有少數人會成功。」(= *Most people will not succeed.*) 或「我們很特別。」(= *We are special.*)

5. *Fortune favors the brave.*（勇敢的人最幸運。）
fortune〔ˈfɔrtʃən〕*n.* 幸運；運氣　　favor〔ˈfevɚ〕*v.* 偏愛
brave〔brev〕*adj.* 勇敢的
the brave 勇敢的人（= *brave people*）

這句話字面的意思是「幸運偏愛勇敢的人。」引申爲「勇
敢的人最幸運。」（= *Courageous people are lucky.*）

6. *Opportunity knocks but once.*（機不可失。）
opportunity〔ˌɑpɚˈtjunətɪ〕*n.* 機會
knock〔nɑk〕*v.* 敲門　　but〔bʌt〕*adv.* 只（= *only*）

這句話是諺語，字面的意思是「機會只敲一次門。」引申爲
「機不可失。」

7. *Be confident.*（要有信心。）
confident〔ˈkɑnfədənt〕*adj.* 有信心的

8. *Be assertive.*（要有衝勁。）
assertive〔əˈsɝtɪv〕*adj.* 有衝勁的；武斷的；果斷的

9. *We must grab the tiger by the tail.*（我們不怕危險。）
grab〔græb〕*v.* 緊抓
by the tail 不能說成 *by its tail*（誤）【詳見「文法寶典」p.568】。

這句話字面的意思是「我們必須抓住老虎的尾巴。」引申爲
「我們不怕危險。」（= *We are not afraid.*）或「我們必須解
決困難的問題。」（= *We must solve a difficult problem.*）
grab 可用 take 或 have 取代。例如：*We must take the
tiger by the tail* if we want to finish this project on
time.（如果我們要準時完成這個計劃，我們必須解決困難的
問題。）

10. *Practice makes perfect.*

Practice makes perfect.
Not to advance is to go back.
Nothing succeeds like success.

Learn from our mistakes.
Learn something new every day.
Don't plan to succeed, work to succeed.

Rules are made to be broken.
Good things happen to positive people.
God helps those who help themselves.

這一回的九句話，旨在期許自己和他人能百尺竿頭，更進一步，熟能生巧 (Practice makes perfect.)，努力求進步，因爲不進則退 (Not to advance is to go back.)，一事如意，事事順利 (Nothing succeeds like success.)。

當然，求完美的過程會遭遇到挫折，我們需要從錯誤中學習 (Learn from our mistake.)，每天學習新知 (Learn something new every day.)，以求自我成長。

成功不要光想，要身體力行 (Don't plan to succeed, work to succeed.)。

　　不要墨守成規 (Rules are made to be broken.)，要相信樂觀就會有好事降臨 (Good things happen to positive people.)，天助自助者 (God helps those who help themselves.)。

【背景説明】

1. ***Practice makes perfect.*** (熟能生巧。)

   這句的字面的意思是「練習就會變得完美。」引申爲「熟能生巧。」

2. ***Not to advance is to go back.*** (不進則退。)
   advance〔əd'væns〕v. 前進
   <u>Not to advance</u> is <u>to go back</u>.【詳見「文法寶典」p.411】
   　　不定詞當主詞　　　　不定詞當主詞補語

   這句話字面的意思是「不向前進，就是向後退。」引申爲「不進則退。」

3. ***Nothing succeeds like success.*** (一事如意，事事順利。)
   succeed 可作「成功」或「繼續」解，在此作「繼續」解。

   這句話字面的意思是「沒有一件事情像成功一樣，能接二連三地來。」引申爲「一事如意，事事順利。」

4. ***Learn from our mistakes.*** (從錯誤中學習。)

   這句話也可説成：We are products of our past, but we don't have to be prisoners of it. 字面的意思是「現在

的我們是自己過去的產物，但我們不必成爲自己過去的囚犯。」
引申爲「以過去爲借鏡，放眼於未來。」

5. **Learn something new every day**. (每天學習新知。)

在這個資訊爆炸的時代，「每天學習新知」
已成爲邁向成功之路的必要條件之一。

6. **Don't plan to succeed, work to succeed**.
(成功不要光想，要身體力行。)
work〔wɜk〕v. 努力

這句話字面的意思是「不要計畫成功，而是要努力取得成功。」
引申爲「成功不要光想，要身體力行。」

7. **Rules are made to be broken**. (不要墨守成規。)

這句慣用語字面的意思是「規則就是被訂來打破的。」引申
爲「要打破規則。」也可以說「不要墨守成規。」(= *Sometimes
it's necessary to break the rules in order to succeed.*)

8. **Good things happen to positive people**.
(樂觀就會有好事降臨。)
positive〔ˈpɑzətɪv〕adj. 積極的；樂觀的

這句話字面的意思是「好事會發生在樂觀的人身上。」引申
爲「樂觀就會有好事降臨。」也可以說「樂觀正向是快樂幸
福的吸鐵。」(= *Optimism is a magnet for happiness.*)

9. **God helps those who help themselves**. (天助自助者。)

這句話字面的意思是「上帝會幫助那些幫助自己的人。」引申
爲「天助自助者。」

11. Nothing is impossible.

Nothing is impossible.
We can, if we believe we can.
Let's make the dream come true.

Let's get this show on the road.
Every journey begins with one step.
Happiness walks on busy feet.

Let's make hay while the sun shines.
A rolling stone gathers no moss.
Actions speak louder than words.

　　這一回的九句話是勉勵自己和他人，沒有什麼是不可能的（Nothing is impossible.），只要我們相信自己能做到，我們就能做到（We can, if we believe we can.），我們要讓夢想實現（Let's make the dream come true.）。

　　要達成夢想，就要即刻開始行動（Let's get this show on the road.），因爲千里之行，始於足下（Every journey begins with one step.），忙碌的人較快樂（Happiness walks on busy feet.），要把握時機（Let's make hay while the

學習之道

sun shines.)，要記得滾石不生苔（A rolling stone
gathers no moss.)，行動勝於言辭（Actions speak
louder than words.)，要採取行動，才有辦法達成夢
想與目標。

【背景説明】

1. *Nothing is impossible*.（沒有什麼是不可能的。）

   這句話也可以解讀成「凡事都有可能。」(＝*Anything is possible.*)

2. *We can*, *if we believe we can*.
   （如果我們相信自己能做到，
   我們就能做到。）

Obama's political Campaign in 2008

3. *Let's make the dream come true*.（我們要讓夢想實現。）
   come true 成眞；實現

   a dream come true 這句慣用語通常用在「一直渴望某件事
   情發生許久，終於發生了」，引申為「美夢成眞」。

4. *Let's get this show on the road*.（讓我們開始吧。）
   on the road 在路上；在旅途中
   get the show on the road 開始；著手進行

   這句話字面的意思是「我們讓這場秀開始演出吧。」引申為
   「讓我們開始吧。」

5. *Every journey begins with one step*.
   （千里之行，始於足下。）
   journey〔'dʒɜnɪ〕*n.* 旅程
   begin with 首先；始於 (＝*start off*)　　　step〔stɛp〕*n.* 一步

這句話字面的意思是「每一趟旅程都是從一步開始。」(= *A journey of a thousand miles begins with a single step.*) 引申為「千里之行，始於足下。」也就是「每件大事都是由小事累積而成。」

6. *Happiness walks on busy feet.* (忙碌的人較快樂。)
happiness〔'hæpɪnɪs〕*n.* 幸福；快樂
walk on feet 用腳走路

這句話字面的意思是「幸福是用繁忙的腳走路。」隱含的意思是「忙碌的人較快樂。」因為一直很忙碌，心無旁鶩，就沒有煩惱。(= *Staying busy takes our mind off other things.*)

7. *Let's make hay while the sun shines.* (把握時機。)
hay〔he〕*n.* 乾草　　***make hay*** 曬乾草
make hay while the sun shines 曬草要趁陽光好；把握時機

這句話字面的意思是「趁著太陽高照，將乾草曬好。」隱含的意思是「趁晴曬草，勿失良機。」引申為「打鐵趁熱；把握時機。」

8. *A rolling stone gathers no moss.* (滾石不生苔。)
rolling〔'rolɪŋ〕*adj.* 滾動的　　gather〔'gæðə〕*v.* 聚集
moss〔mɔs〕*n.* 蘚苔

這句話字面的意思是「一顆滾動的石頭不會聚集苔蘚。」石頭只要一直滾動，表面就不會生長出青苔，也就是「滾石不生苔。」是勸人要不斷向前進，有時也可引申為「轉業不聚財。」

9. *Actions speak louder than words.* (行動勝於言辭。)

這句話字面的意思是「行動比話語說得更大聲。」引申為「行動勝於言辭。」或「坐而言，不如起而行。」也可以說「作為比言論更重要。」(= *What we do is more significant than what we say.*)

學習之道

12. *Keep our eye on the ball*.

Keep our eye on the ball.
Keep our eye on the target.
Use total concentration.

Don't focus on what's wrong.
Focus on what's right.
The choice is ours.

Stay on our toes.
Stay on the ball.
Keep our eyes and ears open.

　　這一回的九句話，是勉勵自己和他人對於目標
要保持警覺 (Keep our eye on the ball.)，要全心
注意我們的目標 (Keep our eye on the target.)，
要全神貫注 (Use total concentration.)。

　　不要執著於失誤 (Don't focus on what's
wrong.)，要專注在對的事物上 (Focus on what's
right.)，一切操之在我們 (The choice is ours.)。

我們蓄勢待發（Stay on our toes.），要保持警覺
（Stay on the ball.），要機靈留心四周的情況，眼觀
四面，耳聽八方（Keep our eyes and ears open.）。

【背景說明】

1. *Keep our eye on the ball.*（要保持警覺。）
   keep one's eye on the ball 保持警覺

   這句話來自於球類運動，例如網
   球、高爾夫球、壘球等，字面的
   意思是「要用眼睛看準了才能打到
   球。」在此引申為「要保持警覺。」
   （= *Give our attention to what*
   we are doing all the time.）

2. *Keep our eye on the target.*（要全心注意我們的目標。）
   target〔'tɑrgɪt〕*n.* 目標
   keep one's eye on 密切注意

3. *Use total concentration.*（要全神貫注。）
   use〔juz〕*v.* 利用；使用　　total〔'totl̩〕*adj.* 全部的
   concentration〔,kɑnsn̩'treʃən〕*n.* 集中；專心

4. *Don't focus on what's wrong.*（不要執著於失誤。）
   focus on 保持警覺

   這句話字面的意思是「不要專注於錯的事物上。」引申為
   「不要執著於失誤。」

5. *Focus on what's right.*（要專注在對的事物上。）

6. ***The choice is ours.*** (一切操之在我們。)

choice〔tʃɔɪs〕*n.* 選擇；選擇權

這句話字面的意思是「選擇權是我們的。」引申為「一切操之在我們。」也可說成「我們是自己命運的主人。」(= *Every man is the architect of his own fortune.*)。

7. ***Stay on our toes.*** (我們蓄勢待發。)

toe〔to〕*n.* 腳趾；足尖　　on one's toes 準備行動的；警覺的

on one's toes 這句片語可以從田徑比賽去聯想，譬如在賽跑開始之前，選手在起跑線上，都是做好準備起跑的動作，這時只有腳趾部位著地，就是 ***on one's toes*** 的意思，因為由腳趾發力，就可以準備全速起跑了，所以 ***Stay on our toes*** 就有「我們保持警覺，隨時準備行動」的意思，引申為「我們蓄勢待發。」

8. ***Stay on the ball.*** (要保持警覺。)

這句話源自於籃球。在籃球場上，有些著名的籃球運動員有種才能，就是不管球在誰的手裡，也不管那顆球在場地的哪個角落，他們總是在離球不遠的地方，一有機會他們就會把球搶到手，所以 ***Stay on the ball*** 就有「要保持警覺；要集中注意力。」也可說成：Remain focused on what we are doing. (要專注於我們正在做的事。)

9. ***Keep our eyes and ears open.***

(我們眼觀四面，耳聽八方。)

這句話字面的意思是「要打開我們的眼睛和耳朵。」引申為「我們要眼觀四面，耳聽八方。」也可說成：Be watchful for opportunity. (要注意是否有機會。)

13. Ace the exam.

學習之道

Ace the exam.
Get a high score.
Go to the best school.

Broaden our horizons.
Travel overseas.
Become citizens of the world.

See the future.
Believe in the future.
Be the future.

這一回的九句話，是激勵同學們在要考好成績
(Ace the exam.)，要考高分 (Get a high score.)，
要考上最好的學校 (Go to the best school.)。

與優秀的同學一起學習，增廣見聞 (Broaden
our horizons.)。讀萬卷書，也要行萬里路，去國外
旅行 (Travel overseas.)，拓展視野，才能成為世
界的公民 (Become citizens of the world.)。

要預見未來 (See the future.)，要相信未來
(Believe in the future.)，要實現對未來的夢想
(Be the future.)。

【背景説明】

1. **Ace the exam.** (要考好成績。)
   ace〔es〕v. 在～中得到好成績 (ace 的原意是指「撲克牌 A」)
   這句話也可以説成：Nail the test. (要考取好成績。)
   【nail〔nel〕v. 釘牢　　***nail the test*** 考試考得很好】

2. **Get a high score.** (要考高分。)
   score〔skɔr〕n. 分數

3. **Go to the best school.** (要考上最好的學校。)
   這句話也可以説成：Go to the best university. 但表達要
   考上最好的大學，説 Go to the best school. 較自然、較
   常用。

4. **Broaden our horizons.** (要增廣見聞。)
   broaden〔'brɔdn̩〕v. 使寬闊；使擴大
   horizons〔hə'raɪznz〕n. pl. (思想、知識、經驗的) 範圍
   (horizon 的原意是指「地平線」)

   broaden *one's* ***horizons*** 字面的意思是「擴大知識、經驗
   的範疇」，引申為「增廣見聞」(= *expand one's
   horizons*)。

5. **Travel overseas.** (去國外旅行。)
   overseas〔'ovɚ'siz〕adv. 到國外

6. ***Become citizens of the world.***

（要成為世界的公民。）

citizen〔'sɪtəzn̩〕*n.* 公民；市民

這句話也可説成：Become
citizens of this global village.

（成為地球村的公民。）

【*global village* 地球村】

The first citizens of the world: Athens

7. ***See the future.***（要預見未來。）

future〔'fjutʃɚ〕*n.* 未來；將來

8. ***Believe in the future.***（要相信未來。）

believe in 相信…存在；信任；信仰；認為…有價值

9. ***Be the future.***（要實現對未來的夢想。）

這句話字面的意思是「要成為未來。」
隱含的意思是「努力用功，為未來做準
備。」引申為「要成為未來自己想成為
的人。」也就是「要實現對未來的夢想。」
（ = *Decide what we want to do or
be, and then become or accomplish
that objective.*）

14. Be a student for life.

Be a student for life.
Collect and study the best.
We must always be eager for more.

Follow the leader.
Accept no substitute.
Pursue greatness.

Have motivation.
Goals attract success.
Believe, and we will achieve.

　　這一回的九句話，是強調學習的重要，期勉自己和他人要終身學習（Be a student for life.），要收集最好的並加以研究（Collect and study the best.），要有求知慾，我們必須永遠渴望得到更多（We must always be eager for more.）。

　　跟隨領導者（Follow the leader.）學習，只向最好的學習，只接受最好的（Accept no substitute.），要追求崇高的目標（Pursue greatness.）。

做事要有動機 (Have motivation.)，有目標就能
成功 (Goals attract success.)，相信自己，我們就能
成功 (Believe, and we will achieve.)。

【背景説明】

1. *Be a student for life.* (要終生學習。)
   for life 終生
   這句話字面的意思是「要做個一輩子的學生。」引申為「要
   終生學習。」

2. *Collect and study the best.* (收集最好的，並加以研究。)
   collect〔kəˈlɛkt〕 *v.* 收集　　study〔ˈstʌdɪ〕 *v.* 研究

3. *We must always be eager for more.*
   (我們必須永遠渴望得到更多。)
   eager〔ˈigɚ〕 *adj.* 熱切的；渴望的
   be eager for 渴望 (= *long for* = *be anxious for*)

4. *Follow the leader.* (要跟隨領導者。)
   leader〔ˈlidɚ〕 *n.* 領袖；領導者；指揮者

5. *Accept no substitute.* (只接受最好的。)
   accept〔əkˈsɛpt〕 *v.* 接受
   substitute〔ˈsʌbstəˌtjut〕 *n.* 代替者；代替物；代用品

   這句話字面的意思是「不接受替代品。」隱含的意思是「只
   接受原先的、最真的。」引申為「只接受最好的。」也可説
   成：Don't settle for anything other than perfection.
   (除非很完美，否則不要勉強接受。)【settle for 勉強接受】

6. ***Pursue greatness.*** (要追求崇高的目標。)
pursue〔pə'su〕v. 追求;進行;從事
greatness〔'gretnɪs〕n. 偉大;崇高

這句話字面的意思是「要追求偉大。」引申為「要追求崇高的目標。」(= *Strive for greatness.*) 也可說成:Work to be the best. (要努力成為最好的。)

7. ***Have motivation.*** (要有動機。)
motivation〔,motə'veʃən〕n. 動機;積極性;幹勁

這句話的意思是「要有動機。」為想要達成的目標製造一個好的理由。(= *Establish a good reason for what you want to achieve.*)

8. ***Goals attract success.*** (有目標,就能成功。)
attract〔ə'trækt〕v. 吸引;引起(注意、興趣等)

這句話字面的意思是「目標吸引成功。」當我們為自己的夢想設下短程目標、中程目標及長程目標,當這些目標都一一達成時,距離成功就不遠了,引申為「有目標,就能成功。」

9. ***Believe, and we will achieve.***
(相信自己,我們就能成功。)

這句話等於 If we believer we will achieve. 字面的意思是「相信,我們就會達到目標。」引申為「相信自己,我們就能成功。」也可說成:Have faith in ourselves and our abilities. (要對我們自己和我們的能力有信心。)

15. Our goal is clear-cut.

Our goal is clear-cut.
It's plain and simple.
We want to be the best.

We have a purpose.
We seek perfection.
It's all for one, and one for all.

Let's get to work.
Let's roll up our sleeves.
Let's get down to business.

　　這一回的九句話，可以激勵自己和他人。可先說：我們的目標很明確 (Our goal is clear-cut.)，非常清楚、明白 (It's plain and simple)，我們要出人頭地 (We want to be the best.)。

　　接著說：我們有目標 (We have a purpose.)，我們要追求完美 (We seek perfection.)，我們要團結在一起才能成功，也就是俗語說的我為人人，人人為我 (It's all for one and one for all.)。

有了目標，就要開始行動，告訴大家：我們開始做吧。(Let's get to work.) 我們準備做吧。(Let's roll up our sleeves.) 我們開始做正事吧。(Let's get down to business.)

【背景説明】

1. ***Our goal is clear-cut.*** (我們的目標很明確。)
goal〔gol〕*n.* 目標
clear-cut〔'klɪr'kʌt〕*adj.* 明確的；清楚的
(= *clear* = *crystal clear*)

2. ***It's plain and simple.*** (非常清楚、明白。)
plain〔plen〕*adj.* 清楚的；明白的
simple〔'sɪmpl̩〕*adj.* 簡單的
plain and simple 清楚、明白的 (= *plain*)

3. ***We want to be the best.*** (我們要出人頭地。)

這句話字面的意思是「我們要成爲最好的。」引申爲「我們要出人頭地。」也可加強語氣説成：We want to be the best of the best. (我們要成爲頂尖中的頂尖。)

Be the best

4. ***We have a purpose.*** (我們有目標。)
purpose〔'pɝpəs〕*n.* 目的；目標
purpose 的主要意思是「目的」，在這裡作「目標」解。

這句話的意思是「我們有目標。」也可説成：We have a goal. (我們有目標。) 或 We have a mission. (我們有使命。)【mission〔'mɪʃən〕*n.* 使命；任務】

5. *We seek perfection*.（我們要追求完美。）
seek〔sik〕*v.* 尋求；追求　　perfection〔pəˈfɛkʃən〕*n.* 完美

6. *It's all for one, and one for all*.（我為人人，人人為我。）

這句話源自小説及電影「三劍客」(The
Three Musketeers)，字面的意思是「所
有的人都爲一個人，而一個人也爲所有人。」
引申爲「我爲人人，人人爲我。」也就是
「我們很團結。」(= *We are united.*
= *We are a team.*)

The Three Musketeers

【musketeer〔ˌmʌskɪˈtɪr〕*n.* (法國 17、18 世紀) 御林軍士兵】

7. *Let's get to work*.（我們開始做吧。）
get to 開始；著手處理

這句話字面的意思是「我們開始工作吧。」引申爲「我們開
始做吧。」*get to work* 等於 set to work，都可以表達開始
著手進行工作的意思。

8. *Let's roll up our sleeves*.（我們準備做吧。）
roll up 捲起　　sleeve〔sliv〕*n.* 袖子

這句話字面的意思是「我們捲起袖子吧。」引申爲「我們準
備工作吧。」(= *Let's prepare to work.*) 或「做好工作的
心理準備。」(= *Have the proper mindset.*)

9. *Let's get down to business*.（我們開始做正事吧。）
get down to business 開始做正事

事實上，Let's get to work. Let's roll up our sleeves.
和 Let's get down to business. 都表達相同的意思，強調
「要馬上行動。」

面對挑戰

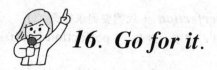

16. *Go for it.*

Go for it.
Just do it.
Make it happen.

Bear down.
Bring it on.
Make it so.

Hang in there.
No excuses.
We can beat the odds.

面對挑戰

這一回的前三句話（Go for it. Just do it. Make it happen.），都是勉勵大家應該趕快努力去達成目標，而且要非常努力（Bear down.）去迎接任何挑戰（Bring it on. Make it so.），只要堅持到底（Hang in there.），不要找任何藉口退縮（No excuses.），一定可以成功的（We can beat the odds.）。

【背景説明】

1. ***Go for it***. (大膽試一試。)
   go for it 大膽試一試；冒一下險 (= *Try it*. = *Do it*.)

2. ***Just do it***. (趕快做。)

   這句話原是國際知名運動品牌 Nike
   〔'naɪkɪ〕廣告行銷的標語，字面意思
   是「只要做它。」引申爲「做就對了。」
   就是叫人「趕快做。」

3. ***Make it happen***. (去做吧。)

   這句話字面的意思是「使這件事發生。」也就是 Do it. 以
   上三句話都是「趕快去做」的意思。因爲通常一般人都光
   説而沒有行動，這組口號像中文的「坐而言，不如起而行。」

4. ***Bear down***. (要非常努力。)
   bear〔bɛr〕*v.* 承受；承擔　　***bear down*** 勤奮；非常努力

   這句話字面的意思是「承受下來。」引申爲「全力發揮到極
   大値。」也就是「要非常努力。」(= *Apply maximum effort
   and concentration*.)

5. ***Bring it on***. (要迎接挑戰。)

   這句話也可説成 Bring it. 通常説這句話的人是受到了挑
   戰，或者是向對方下戰帖，意思是「放馬過來。」引申爲
   「要迎接挑戰。」使用情境如以下對話：Basketball
   Player A: "I'm gonna slam dunk on you." (籃球員 A：
   我要在你面前灌籃。) Basketball Player B: "Alright,

bring it on. Let's see what you got!" (籃球員 B：好啊！放馬過來。來瞧瞧你有多大能耐！)

6. *Make it so.* (就這麼做吧。)

這句話的字面的意思是「讓它如此。」或「就這麼做吧。」也就是「要完成任務。」(= *Complete the task.*) 或「達成目標」(= *Accomplish the goal.*)

7. *Hang in there.* (要堅持到底。)

hang〔 hæŋ 〕*v.* 懸掛；逗留；徘徊
hang in there 堅持到底 (= *hold on* = *hang on*)

這句話字面的意思是「掛在那裡。」引申為「就算再怎麼難，也要持續。」(= *Continue despite difficulties.*)，也就是「要堅持到底。」

8. *No excuses.* (沒有藉口。)

excuse〔 ɪk'skjus 〕*n.* 藉口

通常一般人碰到挑戰或阻礙，都會找藉口開脫，這句話就像中文的「不要為失敗找藉口。」

9. *We can beat the odds.* (我們可以成功。)

beat〔 bit 〕*v.* 打敗；勝過　　odds〔 ɑdz 〕*n. pl.* 機率

這句話源自於慣用語 against the odds 或 against all odds，字面的意思是「違反機率。」引申為「機率很低」或「沒有希望」。這句話字面的意思是「我們可以戰勝很低的機率。」引申為「我們可以成功。」(= *We can succeed.*) 或是「雖然我們的任務很艱難，但我們可以達成。」(= *Our task is difficult, but we can do it.*)

17. *We're not afraid.*

We're not afraid.
We have no fear.
We can overcome any obstacles.

There is nothing to fear but fear itself.
There is a light at the end of the tunnel.
Every cloud has a silver lining.

Hope is not a strategy.
We will stand up and be counted.
We will take no prisoners.

面
對
挑
戰

　　這一回的九句話，在勉勵自己和他人面對挑戰時，
要說：我們不害怕 (We're not afraid.)，我們沒有恐
懼 (We have no fear.)，我們可以克服任何障礙 (We
can overcome any obstacles.)。

　　面對困難，我們無所畏懼 (There is nothing to
fear but fear itself.)，因為生命總有一線曙光 (There
is a light at the end of the tunnel.)，否極泰來 (Every
cloud has a silver lining.)。

想成功，光靠希望是不夠的（Hope is not a strategy.），我們要站出來，表明自己的立場（We will stand up and be counted.），我們要態度強硬，毫不留情（We will take no prisoners.）。

【背景説明】

1. **We're not afraid.**（我們不害怕。）
   afraid〔ə'fred〕*adj.* 害怕的（= *scared*）

2. **We have no fear.**（我們沒有恐懼。）
   fear〔fir〕*n.* 恐懼；害怕（= *fright*）

3. **We can overcome any obstacles.**
   （我們可以克服任何障礙。）
   overcome〔,ovə'kʌm〕*v.* 克服
   obstacle〔'ɑbstəkl̩〕*n.* 障礙；阻礙

4. **There is nothing to fear but fear itself.**（我們無所畏懼。）
   but〔bʌt〕*prep.* 除了

   這句話字面的意思是「除了恐懼本身之外，其他沒什麼可以懼怕的。」引申為「我們無所畏懼。」或「我們要勇敢對抗自己的恐懼。」（= *We must confront our fears.*）

   【confront〔kən'frʌnt〕*v.* 面對；勇敢對抗】

5. **There is a light at the end of the tunnel.**
   （生命有一線曙光。）　　　tunnel〔'tʌnl̩〕*n.* 隧道；地道

   這句話字面的意思是「隧道的盡頭有一道光。」通過隧道就像是要達成目標的過程，被黑暗及困難重重包圍，但隧道盡頭的那道光線，就像是鼓舞我們克服困難的希望，引導著我們走向目標，引申為「生命總有一線曙光。」或「苦難總會過去。」（= *There is an end to a difficult period.*）

6. *Every cloud has a silver lining.* (否極泰來。)

silver〔ˈsɪlvɚ〕*adj.* 銀色的　　lining〔ˈlaɪnɪŋ〕*n.* 襯裡；內裡

這句話的字面意思是「每朵烏雲都鑲了銀邊。」在陽光透過的時候，每一朵烏雲都會出現銀亮的外緣。烏雲象徵生命中每個陰霾與困境，而經烏雲遮蔽的太陽照射過後，露出鑲了銀邊的景象，就如同黑暗的背後可能就是光明，遇到挫折時也不要絕望，因為總有「撥雲見日、苦盡甘來」的時刻，所以這句話引申為「否極泰來。」或「因禍得福。」

7. *Hope is not a strategy.* (想成功，光靠希望是不夠的。)

strategy〔ˈstrætədʒɪ〕*n.* 策略

這句話的字面意思是「希望不是個策略。」引申為「想成功，靠希望是不夠的。」(= *Hoping something will happen won't result in success.*)

8. *We will stand up and be counted.*

(我們要站出來表明立場。)　　*stand up* 起立；挺身而出

count〔kaʊnt〕*v.* 正式接納；正式認可

stand up and be counted 採取堅定立場；公開表示態度

這句話字面的意思是「我們將挺身而出且讓自己被認可。」引申為「我們要站出來表明立場。」(= *We will state our opinion.*)。

9. *We will take no prisoners.* (我們要態度強硬，毫不留情。)

prisoner〔ˈprɪznɚ〕*n.* 囚犯；戰俘

take no prisoners 不留活口；態度強硬；毫不留情；不帶戰俘上路；全心積極；富有攻擊性的

這句話字面的意思是「我們不帶戰俘上路。」也就是「我們要不留活口、趕盡殺絕。」或「我們要態度強硬，毫不留情。」可引申為「我們對敵人毫不留情。」(= *We show no mercy to our enemies.*) 或「我們決心要成功。」(= *We are very determined to achieve success.*)

面對挑戰

18. Keep on trying.

Keep on trying.
Stay in the ring.
Don't throw in the towel.

Don't give up the ship.
Don't wave the white flag.
Never surrender.

The ball is in our court.
We may lose the battle, but win the war.
When life gives us lemons,
　make lemonade.

　　這一回的九句話，是期許自己和他人，往目標前進的道路上必須繼續努力（Keep on trying.），堅持下去（Stay in the ring.）。遇到挫折不要認輸（Don't throw in the towel.），不要棄械投降（Don't give up the ship.），不要放棄（Don't wave the white flag.），絕不投降（Never surrender.），因為主控權在我們手上（The ball is in our court.），縱使會遭遇小挫敗，但我們還是要顧全大局（We may lose the battle, but win the war.），要相信困境就是轉捩點（When life gives us lemons, make lemonade.）。

【背景説明】

1. *Keep on trying.*（繼續努力。）
   keep on 繼續（ = *go on* = *carry on* ）
   try〔traɪ〕*v.* 嘗試；努力

2. *Stay in the ring.*（堅持下去。）
   stay〔ste〕*v.* 停留　　ring〔rɪŋ〕*n.*（拳擊）擂台

   這裡的 the ring 指的是由木樁和繩子架
   設而成的長方形場地，這種場地通常會
   用來舉行現行我們所熟知的拳擊或摔跤
   活動。這句的字面意思是「繼續待在拳擊
   台。」引申為「堅持下去。」或「不要放
   棄。」（ = *Never give up.* ）

   the ring

3. *Don't throw in the towel.*（不要認輸。）
   throw in 扔進　　towel〔'tauəl〕*n.* 毛巾

   這句話源自於拳擊比賽時，如果拳擊手身體狀況很糟的時
   候，拳擊手的經理就會把毛巾丟入拳擊台，表示「認輸；放
   棄」，所以，這句話的意思是「不要認輸。」

4. *Don't give up the ship.*（不要棄械投降。）
   give up 放棄

   這句話是美國海軍的格言，出自於美國海軍指揮官詹姆斯・
   勞倫斯（James Lawrence）於1812年戰役的最後遺言，希
   望他的士兵們能夠戰到最後一兵一卒。字面的意思是「不要
   棄船。」引申為「不要棄械投降。」

5. *Don't wave the white flag.*（不要放棄。）

   這句話字面的意思是「不要揮舞白旗。」在戰爭中，揮舞白旗
   象徵著「投降」或者「停戰協商」的意思，所以這句話可以引

申為「不要放棄。」(= *Don't surrender.*)
wave 可以 show 取代。例如：Our
opponents held all the cards tonight,
so we *raised the white flag* and left
early. (我們的對手今晚佔盡優勢，所以
我們棄械投降並提前離開。)

【opponent〔ə'ponənt〕*n.* 對手
hold all the cards 佔上風；掌控全局】

6. *Never surrender*. (絕不投降。)
   surrender〔sə'rɛndɚ〕*v.* 使投降；交出；放棄

7. *The ball is in our court*. (主控權在我們手上。)

   這句話源自於網球比賽，字面上的意思是球過了網，「球
   在我們的場地」，換我方擊球，引申為「主控權在我們手上。」
   也可以說「是我們採取行動的時候了。」(= *It is our turn to
   make a move.*)

8. *We may lose the battle*, *but win the war*.
   (我們要顧全大局。)

   lose〔luz〕*v.* 輸掉   battle〔'bætl〕*n.* 戰鬥；戰役

   這句話字面的意思是「我們或許會輸掉一場戰役，但會贏得
   這場戰爭。」引申為「要顧全大局。」反言之，We may win
   the battle, but we will lose the war. 則是「因小失大。」

9. *When life gives us lemons*, *make lemonade*.
   (困境就是轉捩點。)

   lemon〔'lɛmən〕*n.* 檸檬
   lemonade〔,lɛmən'ed〕*n.* 檸檬汁

   這句話字面的意思是「當生命給我們又酸又苦的檸檬時，我們
   就做成又甜又好喝的檸檬汁。」引申為「困境就是轉捩點。」

19. *Never give up*.

> *Never* give up.
> *Never* give in.
> *Never* say die.
>
> *Take* a licking and keep on ticking.
> *Take* the bitter with the sweet.
> Keep a stiff upper lip.
>
> *We will* survive.
> *We will* stand fast.
> *We will* rise to the occasion.

面對挑戰

這一回的九句話，期勉自己和他人面對困難，遭遇瓶頸時永遠不要放棄 (Never give up.)，永遠不要屈服 (Never give in.)，絕不氣餒 (Never say die.)。

要百折不撓 (Take a licking and keep on ticking.)，要逆來順受 (Take the bitter with the sweet.)，而且要不屈不撓 (Keep a stiff upper lip.)。

我們會活下去的 (We will survive.)，我們永不退縮 (We will stand fast.)，我們會勇敢面對任何挑戰 (We will rise to the occasion.)。

【背景説明】

1. *Never give up.*（永遠不要放棄。）
   give up 放棄（= *surrender*）

2. *Never give in.*（永遠不要屈服。）
   give in 屈服（= *yield*）

3. *Never say die.*（絕不氣餒。）
   never say die 永不放棄；永不言敗

   這句話字面的意思是「絕對不說死亡。」引申為「不輕言放棄。」或「絕不洩氣。」或「絕不氣餒。」

4. *Take a licking and keep on ticking.*（百折不撓。）
   licking〔'lɪkɪŋ〕*n.* 慘敗；重擊
   take a licking 遭遇慘敗　　*keep on* 持續
   tick〔tɪk〕*v.* 發出滴答聲

   這句話是出自於美國手錶廠牌 Timex 廣告行銷的標語，標語原意是這家美國廠牌的錶怎麼摔，指針都還能運轉行走。這句口號字面的意思是「遭遇慘敗也要繼續運轉。」引申為「百折不撓。」（= *Never be daunted by repeated setbacks.*）【daunt〔dɔnt〕*v.* 使膽怯；使氣餒
   repeated〔rɪ'pitɪd〕*adj.* 反覆的；屢次的
   setback〔'sɛt,bæk〕*n.* 挫折】

5. *Take the bitter with the sweet.*（要逆來順受。）
   bitter〔'bɪtɚ〕*adj.* 苦的　*n.* 痛苦

   這句話的字面意思是「接受苦的和甜的。」也就是「既能享受，也能吃苦。」或「接受順境和逆境。」或「要逆來順受。」

面對挑戰

6. ***Keep a stiff upper lip.*** (要不屈不撓。)

　　stiff 〔 stɪf 〕 *adj.* 僵硬的

　　upper 〔'ʌpɚ 〕 *adj.* 上面的　　lip 〔 lɪp 〕 *n.* 嘴唇

　　keep a stiff upper lip　（陷於困境而仍）鼓足勇氣奮鬥；

　　　不屈不撓；咬緊牙關

　　這句話字面的意思是「要保持僵硬的上唇。」由於人每每在
遭遇不幸、困境或危難的時候，會表現出恐慌或悲痛的情
緒，雙唇顫抖，但是男士可能因有鬍子遮掩上唇，只會見
到下唇顫動，所以當說到某人的上唇僵硬時，就是指表現
沈著而堅強的能力，所以，這句話可引申為「要不屈不撓。」

7. ***We will survive.*** (我們會活下去。)

　　survive 〔 sɚ'vaɪv 〕 *v.* 存活；倖存；生還

8. ***We will stand fast.*** (我們永不退縮。)

　　fast 〔 fæst 〕 *adv.* 牢固地

　　stand fast　站穩；堅定；不讓步 (= *hold firm* = *stand firm*
　　= *insist*)

　　這句話字面的意思是「我們不會讓步。」引申為「我們永不
退縮。」(= *We will never back down.*)

9. ***We will rise to the occasion.***

　　(我們會勇敢面對任何挑戰。)

　　rise 〔 raɪz 〕 *v.* 能應付；經得起；能處置 < *to* >

　　rise to the occasion　隨機應變

　　這句話字面的意思是「我們會應付各種情況。」引申為「我
們會隨機應變。」或「我們會勇敢面對任何挑戰。」(= *We will
rise to the challenge.*)

20. *Winners never quit.*

Winners never quit.
Quitters never win.
We must stay on track.

Be relentless.
Be ruthless.
Be unstoppable.

Don't sweat the small stuff.
Get with the program.
Only the strong survive.

這一回的九句話,是激勵自己和他人努力朝目標
前進,勝利者永遠不會放棄 (Winners never quit.);
反之,放棄者永遠不會勝利 (Quitters never win.)。
所以我們必須待在跑道上,朝目標前進 (We must stay
on track.),要努力不懈 (Be relentless.),要堅定不
移 (Be ruthless.),要所向披靡 (Be unstoppable.)。
不要花心力在瑣碎的事情上,不要為小事擔憂 (Don't
sweat the small stuff.),應該按照我們為目標所訂定

的計畫而努力,順應潮流 (Get with the program.),
去迎接挑戰,唯有適者才能生存 (Only the strong
survive.)。

【背景説明】

1. *Winners never quit.* (勝利者永遠不會放棄。)
   winner 〔ˈwɪnɚ 〕 *n.* 勝利者　　quit 〔 kwɪt 〕 *v.* 停止;放棄

2. *Quitters never win.* (放棄者永遠不會勝利。)
   quitter 〔ˈkwɪtɚ 〕 *n.* 輕易放棄工作 (或職務等) 的人

3. *We must stay on track.*
   (我們必須待在跑道上,朝目標前進。)
   track 〔 træk 〕 *n.* 軌跡;常軌

   We must stay on track. 是最近幾年來最新流行的英語,
   一般字典查不到。track 的基本意思是「軌道;路線;跑道
   等」,這句話字面的意思是「我們必須待在跑道上。」美國
   人從小被教導,做事須按部就班,一步接一步地走,不
   要偏離目標。所以 We must stay on track. 引申的意思
   就是「我們必須將注意力集中於目標。」(= *We must totally
   focus on our goal.*)

4. *Be relentless.* (要努力不懈。)
   relentless 〔 rɪˈlɛntlɪs 〕 *adj.* 不間斷的;持續的;不懈的

5. *Be ruthless.* (要堅定不移。)
   ruthless 〔ˈruθlɪs 〕 *adj.* 硬著心腸下定決心的;堅決的

6. *Be unstoppable*. (要所向披靡。)
unstoppable〔ʌnˈstɑpəbḷ〕*adj.* 擋不住的

這句話的字面意思是「要擋不住。」隱含的意思是「我們的
意志力和行動力都很強,是無法被阻擋的。」引申為「要所向
披靡。」

7. *Don't sweat the small stuff*. (不要為小事擔憂。)
sweat〔swɛt〕*v.* 流汗;煩惱
stuff〔stʌf〕*n.* 物品;東西

這句話字面的意思是「不要為小東西流
汗。」隱含的意思是「我們應該專注在
真正重要的事情上,而不是花心力在瑣碎
的事情。」引申為「不要為小事擔憂。」
(= *We shouldn't worry about things
that are not important.*)

sweat

8. *Get with the program*. (要順應潮流。)
program〔ˈprogræm〕*n.* 計劃;方案;程序

這句話字面的意思是「按計畫行事。」隱含的意思是「我們
應順勢而為,付出努力。」引申為「要順應潮流。」(= *Accept
new ideas and give more attention to what is happening
now.*)

9. *Only the strong survive*. (適者生存。)

這句話字面的意思是「只有強壯的人可以活下來。」意志堅
強的人總意思是是會找到方法度過難關,引申為「適者生
存。」(= *Survival of the fittest.*)

21. No guts, no glory.

No guts, no glory.
Slow and steady wins the race.
If at first you don't succeed, try, try,
　try again.

There is no failure except in not trying.
We are never content to quit.
We can always do better.

Better late than never.
There will never be another now.
Make the most of today.

　　這一回的九句話，是激勵自己和他人要積極進取，沒有膽量去冒險犯難就不會有榮耀（No guts, no glory.），慢而穩者才能得勝（Slow and steady wins the race.）。朝成功前進的路上總會遭遇挫折，如果一開始不成功，要一試再試（If at first you don't succeed, try, try, try again.）。

　　除非不去嘗試，不然就不算失敗（There is no failure except in not trying.），我們絕對不會輕言放棄（We are never content to quit.）。犯錯、失敗在所難免，那就表示我們永遠有改進的空間（We can always do better.）。

　　晚點達成目標，總比什麼都不做來得強，也就是俗語說的：亡羊補牢，猶未晚也（Better late than never.），所以我們要把握現在（There will never be another now.），要充分利用今天（Make the most of today.）。

【背景説明】

1. **No guts, no glory.**（沒有膽量，就不會有榮耀。）
   guts〔gʌts〕*n. pl.* 勇氣；膽量　　glory〔'glorɪ〕*n.* 榮耀；榮譽
   gut 的原本意思是「腸子；內臟」，在口語中，guts 作「勇氣；膽量」解。No guts, no glory. 是條件句的省略形式，來自：*If there are no guts, there is no glory.*。

2. **Slow and steady wins the race.**（慢而穩者得勝。）
   steady〔'stɛdɪ〕*adj.* 穩定的　　race〔res〕*n.* 賽跑；比賽
   這句話源自於伊索寓言的「龜兔賽跑」（The Hare and the Tortoise）。句中的 slow and steady 視為一件事，所以用單數動詞 wins。

   The Hare and the Tortoise

3. **If at first you don't succeed, try, try, try again.**
   （如果一開始不成功，要一試再試。）
   at first 起初；一開始（= *at the very start*）
   這句話是美國人常説的諺語，也有「一次不成功，那就再接再厲做下去」的意思。

4. ***There is no failure except in not trying***.
（除非不去嘗試，不然就不算失敗。）
failure〔ˈfeljɚ〕*n.* 失敗 *< in >*　　except〔ɪkˈsɛpt〕*conj.* 除了
這句話的意思是「除非不去嘗試，不然就不算失敗。」也可説
成：We only fail if we don't try.（不去嘗試才算失敗。）

5. ***We are never content to quit***.（我們絕不輕言放棄。）
content〔kənˈtɛnt〕*adj.* 滿意的；甘願的 *< to >*
這句話的字面意思是「我們絕不滿足於放棄。」隱含的意
思是「我們絕不輕言放棄。」也可説成：We don't like to
quit.（我們不喜歡放棄。）

6. ***We can always do better***.（我們永遠都有進步的空間。）
這句話的意思是「我們總是可以做得更好。」也就是「我們
永遠都有進步的空間。」(= *There is always room for
improvement.*)

7. ***Better late than never***.（亡羊補牢，猶未晚也。）
這句話字面的意思是「遲做總比不做好。」晚一點沒關係，
最怕不做，引申為「亡羊補牢，猶未晚也。」(= *Doing
something late is better than not doing it.*)

8. ***There will never be another now***.（要把握現在。）
這句話字面的意思是「絕對不會有另一個現在。」引申為「要
把握現在。」

9. ***Make the most of today***.（要充分利用今天。）
make the most of 善加利用 (= *make the best use of*)

22. *Zero in on our target.*

Zero in on our target
Concentrate on our objective.
Focus on the job at hand.

Focus on what to do next.
Get busy!
Don't dwell on what went wrong.

Forget the pain.
Ignore the negative.
Laugh at our critics.

這一回的九句話，是勉勵自己和他人要瞄準我們的目標（Zero in on our target.），專心於我們的目標（Concentrate on our objective.），同時要專注於手邊的工作（Focus on the job at hand.）。

要專注在我們的下一步（Focus on what to do next.）。要動起來（Get busy!），不要沉浸在過去的錯誤（Don't dwell on what went wrong.）。

要忘記痛苦（Forget the pain.），不要理會負面的
事物（Ignore the negative.），笑看那些批評我們的人
（Laugh at our critics.）。

【背景説明】

1. *Zero in on our target.*（要瞄準我們的目標。）
   zero in on 瞄準（ = *aim at*）；集中精力於（ = *concentrate on*）
   target〔'tɑrgɪt〕*n.* 目標；靶子

   zero in 源自於槍砲射擊的術語，通過在無風情況下對標準
   距離的目標進行試射以調整槍炮等的瞄準器，或者是測定
   砲擊目標射程以調整槍炮等 *zero in* 加上 *on*，隱含的意思
   是「集中火力瞄準於」，引申爲「集中精力於」。

2. *Concentrate on our objective.*（要專心於我們的目標。）
   concentrate on 專心於（ = *be absorbed in*）
   objective〔'ɑbdʒɪktɪv〕*n.* 目標

3. *Focus on the job at hand.*（專注在我們手邊的工作。）
   focus on 專心於；集中於　　*at hand* 在手邊

4. *Focus on what to do next.*（專注在我們的下一步。）
   這句話字面的意思是「專心於接下來要做什麼。」引申爲
   「專注在我們的下一步。」

5. *Get busy!*（要動起來！）
   get busy 開始工作

   這句話字面的意思是「要開始工作！」（ = *Get to work!*）
   引申爲「要動起來！」（ = *Get moving!*）

面對挑戰

6. ***Don't dwell on what went wrong.***
（不要沉浸在過去的錯誤。）
dwell on 老是想著
go wrong 出錯（ = *go sour* = *turn sour* ）

這句話字面的意思是「不要老是想著哪裡出錯。」引申爲
「不要沉浸在過去的錯誤。」

7. ***Forget the pain.*** （要忘記痛苦。）
pain 可作「痛苦；疼痛」或「辛苦；辛勞；努力」解，
在此作「痛苦」之意。

這句話的意思是「忘記痛苦。」往目標前進的路上一定會
遭遇許多挫折，但是一直覺得自己很痛苦是於事無補的，
也可引申爲「要忘記辛苦。」

8. ***Ignore the negative.*** （不要理會負面的事物。）
ignore〔ɪgˋnor〕*v.* 忽視；不理會
negative〔ˋnɛgətɪv〕*adj.* 負面的

這句話的意思是「要忽視負面的事物。」也可説成：Don't
pay attention to bad things.（不要注意不好的事情。）

9. ***Laugh at our critics.*** （笑看那些批評我們的人。）
laugh at 嘲笑
critic〔ˋkrɪtɪk〕*n.* 持批評態度的人；愛挑剔的人

這句話也可説成：Don't take criticism
seriously.（不要把批評看得太嚴重。）
【criticism〔ˋkrɪtə,sɪzəm〕*n.* 批評
take~seriously 認眞看待~ 】

laugh at

23. *Don't worry.*

Don't worry.
Be happy.
Think positive.

Move on.
This too shall pass.
Relax and take a deep breath.

Happiness comes from within.
Success is getting what we want.
Happiness is wanting what we get.

　　這一回的九句話，是用來期許自己和他人面對困難時，別太擔心（Don't worry.），要開心（Be happy.），要正面思考（Think positive.）。

　　不要放棄，要繼續向前邁進（Move on.），一切痛苦都會過去的（This too shall pass.）。要放輕鬆，做個深呼吸（Relax and take a deep breath.），就會發現空氣多麼地清新，世界多麼地美好。

幸福快樂是來自於我們的心中（Happiness comes from within.），不應外求，成功是得到我們自己想要的（Success is getting what we want.），而幸福則是想要自己得到的（Happiness is wanting what we get.）。

【背景説明】

1. **Don't worry**.（別擔心。）

2. **Be happy**.（要開心。）

3. **Think positive**.（要正面思考。）

positive〔'pazətɪv〕adj. 正面的；樂觀的

Think positive. 是慣用句，等於 Think in a positive way.
也可説成：Think positive thoughts.（要樂觀的想法。）
或 Be optimistic.（要樂觀。）
【optimistic〔ˌɑptə'mɪstɪk〕adj. 樂觀的】

4. **Move on**.（向前邁進。）

move on 繼續前進；往前走

這句話字面的意思是「往前進。」也就是「向前邁進。」也可説成：Keep going.（持續前進。）

5. **This too shall pass**.（一切都會過去的。）

shall 這個助動詞在這裡就是 will 的意思，是比較文雅的用法。這句話字面的意思是「這件事也一樣會過去的。」隱含的意思是「再大的困境也會有結束的一天。」引申爲

「一切都會過去的。」也可說成：Nothing lasts forever.
（沒有什麼是永遠存在的。）或 Conditions will change
eventually.（情況最後會有所改變。）

6. **Relax and take a deep breath.**
（放輕鬆做個深呼吸。）
relax〔rɪ'læks〕*v.* 放鬆
beath〔brɛθ〕*n.* 呼吸
take a deep breath 做個深呼吸

Take a deep breath

7. **Happiness comes from within.**（幸福來自於心中。）
within〔wɪ'ðɪn〕*n.* 內部；心中

這句話也可說成：Each individual defines happiness in
his own way.（每個人對快樂的定義各不相同。）或 When
things aren't going your way, it's still possible to be
sincerely happy.（當情況對你不利時，還是有可能可以真心
感到快樂。）【define〔dɪ'faɪn〕*v.* 為…下定義
go *one's* **way** 對某人有利】

8. **Success is getting what we want.**
（成功是得到自己想要的。）

9. **Happiness is wanting what we get.**
（幸福則是想要自己所得到的。）

A quote from Dale Carnegie

24. *Look ahead*.

Look ahead.
Don't look back.
Don't dwell on the past.

We won't cry over spilled milk.
We can't have the rainbow without
　the rain.
We always look on the bright side.

This could be the start of something big.
We are hot on the trail of success.
We have achievement in our sight.

　　這一回的九句話，是用來激勵自己和他人展望未來，要
向前看（Look ahead.），不要回頭看（Don't look back.），
不要老是想著過去（Don't dwell on the past.）。

　　我們不要為無法挽救的局面而後悔難過（We won't
cry over spilled milk.），人生不如意之事十有八九，我們
無法不經歷風雨而看見彩虹（We can't have the rainbow
without the rain.）。人生難免會遭遇困頓，但我們對事物要
抱持樂觀的態度（We always look on the bright side.）。

　　危機就是轉機，遭遇困難挫折或許是大事發生的開端（This could be the start of something big.），也意味著我們正在通往成功的路上（We are hot on the trail of success.），通過困難的試煉後，成就在我們的眼前（We have achievement in our sights.）。

【背景説明】

1. ***Look ahead.***（向前看。）　　ahead〔ə'hɛd〕*adv.* 向前方

這句話也可説成：Look forward.

2. ***Don't look back.***（不要回頭看。）

3. ***Don't dwell on the past.***（不要老是想著過去。）

dwell on 老是想著　　past〔pæst〕*n.* 過去

美國人常説：Look ahead. Don't look back. Don't dwell on the past. 目標設定好後，就向前看，不要回頭看，不要老是想著過去。不要管過去如何。如果老是想著從前，就無法向前進。

4. ***We won't cry over spilled milk.***

（我們不爲無法挽救的局面而後悔難過。）

cry over 對～感到傷心；爲～感到悲痛

spilled〔spɪld〕*adj.* 灑出的

源自諺語：Don't cry over spilled milk.（覆水難收。）

cry over spilled milk 字面的意思是「爲灑出的牛奶感到傷心」，引申爲「爲已無法挽救的局面感到難過」。這句話的意思就是「我們不爲無法挽救的局面而後悔難過。」(= *We won't regret something that's already happened and that we can't change.*)

cry over spilled milk

5. *We can't have the rainbow without the rain.*
（我們無法不經歷風雨而見到彩虹。）
rainbow〔'ren‚bo〕*n.* 彩虹

這句話字面的意思是「我們不能擁有彩虹而沒有雨。」引申
爲「我們無法不經歷風雨而見到彩虹。」

6. *We always look on the bright side.*
（我們對事物總是抱持樂觀的態度。）
bright〔braɪt〕*adj.* 明亮的
look on the bright side 看事物的光明面

這句話字面的意思是「我們總是看到事物的光明面。」引申
爲「我們總是抱持樂觀的態度。」(*= We always consider
the positive aspects of a negative situation.*)

7. *This could be the start of something big.*
（這或許是大事發生的開端。）
start〔stɑrt〕*n.* 開始　　big〔bɪg〕*adj.* 重大的

8. *We are hot on the trail of success.*
（我們正在通往成功的路上。）
hot〔hɑt〕*adj.*（追踪等）差一點就…的；追近的
trail〔trel〕*n.* 足跡；痕跡　　*be hot on the trail of* 緊追…不捨

這句話是字面的意思是「我們差一點就踩在成功的足跡。」引
申爲「我們正在通往成功的路上。」或「我們就快達到目標了。」
(*= We are getting closer to our goal.*)

9. *We have achievements in our sight.* (成就在我們眼前。)
achievement〔ə'tʃivmənt〕*n.* 成就；成功
sight〔saɪt〕*n.* 視界；視野　　*in one's sight* 在某人眼前

這句話也可說成：Success is near. (我們就快成功了。)

25. *Life is short*.

Life is short.
Smile while we still have teeth.
Nothing ventured, nothing gained.

You only live once.
You snooze, you lose.
Time waits for no one.

Waste not, want not.
Idle hands are the devil's tools.
Why walk when we can run?

把
握
時
間

　　這一回的九句話，是勉勵自己和他人要及時努力，因爲人生短暫 (Life is short.)，盛年不重來 (Smile while we still have teeth.)，所以趁我們還能身體力行時就要趕快去達成目標，不入虎穴，焉得虎子 (Nothing ventured, nothing gained.)。

　　人只能活一次 (You only live once.)，所以要把握當下，要專心 (You snooze, you lose.)，歲月不待人 (Time waits for no one.)。

　　不浪費，就不會窮（Waste not, want not.），蹉跎光陰，遊手好閒就容易做壞事（Idle hands are the devil's tools.），所以我們應當善用時間，積極向前（Why walk when we can run?）。

【背景説明】

1. ***Life is short.*** (人生短暫。)

2. ***Smile while we still have teeth.*** (盛年不重來。)
   teeth〔tiθ〕*n. pl.* 牙齒

   這句話字面的意思是「當我們還有牙齒時，就要微笑。」應該趁著年輕、行有餘力的時候，把握機會，好好體驗這個世界，這句話可引申為「盛年不重來。」

   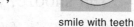
   smile with teeth

3. ***Nothing ventured, nothing gained.***
   (不入虎穴，焉得虎子。)
   venture〔'vɛntʃɚ〕*v.* 冒險　　gain〔gen〕*v.* 獲得

   這句話字面的意思是「不冒險，不會獲得。」引申為「不入虎穴，焉得虎子。」(= *If you do not take risks, you will never accomplish anything.*)

4. ***You only live once.*** (人只能活一次。)
   這句話的意思是「人只能活一次。」因為生命無法重來，所以這句話可引申為「要把握當下。」
   這句話是慣用句【詳見「一口氣背會話上集①～⑥ p.584」】。

5. ***You snooze, you lose.*** (要專心。)
   這句話的字面意思是「你打瞌睡，你就會輸了。」隱含的意思是「要提高警覺；要專心。」(= *Be alert.* = *Pay attention.*) 例如，工作時不要睡覺 (= *Don't sleep on the job.*)，要提高警覺，要專心。

6. *Time waits for no one*. (歲月不待人。)

這句話字面的意思是「時間不等人。」用來勉勵人必須把握光陰,不要拖延或浪費時光,以免老大徒傷悲,引申爲「要把握時光。」也可說成「歲月不待人。」

7. *Waste not, want not*. (不浪費就不會窮。)
waste〔west〕*v.* 浪費
want〔wɑnt〕*v.* 需要;缺乏;窮困

這句話字面的意思是「不浪費,就不會有需求。」隱含的意思是「善加利用資源和機會,未來就不會有缺乏。」也就是「不浪費就不會窮。」(= *If we do not waste anything, we will always have enough.*)

8. *Idle hands are the devil's tools*.
(遊手好閒容易做壞事。)
idle〔ˈaɪdl̩〕*adj.* 懶惰的;無所事事的
devil〔ˈdɛvl̩〕*n.* 惡魔;魔鬼

這句話字面的意思是「空閒的雙手是惡魔的工具。」做事通常要靠雙手,所以以雙手代表著行動;當空閒下來沒有執行正當的任務時,可能就會做出平時不該做的事,引申爲「遊手好閒容易做壞事。」(= *The devil finds work for idle hands.*)

9. *Why walk when we can run?* (我們應積極向前。)

這句話字面的意思是「當我們可以跑時,爲什麼要用走的?」隱含的意思是「當我們有能力完成進階任務時,爲什麼要選簡單的任務呢?」引申爲「我們應積極向前。」

26. *We are not daydreaming*.

We are not daydreaming.
We have no time to waste.
We must strike while the iron is hot.

Today is the first day of the rest
　of our lives.
Live by the seat of our pants.
Milk it for all its worth.

Let's get down to brass tacks.
Let's get down to work.
There's no time like the present.

把握時間

　　這一回的九句話，是用來激勵自己和他人勇敢追求夢想，但築夢要踏實，我們不做白日夢（We are not daydreaming.），我們沒有時間可浪費（We have no time to waste.），必須打鐵趁熱（Strike while the iron is hot.）。

　　每天都是一個新的開始（Today is the first day of the rest of our lives.），要及時努力，要相信自己的直

覺（Live by the seat of our pants.），要應用手邊既有的資源，有花堪折直須折（Milk it for all its worth.）。

讓我們言歸正傳吧（Let's get down to brass tacks.），讓我們開始做吧（Let's get down to work），現在就是最好的時機（There's no time like the present.）。

【背景説明】

1. *We are not daydreaming.*（我們不做白日夢。）
daydream〔'de͵drim〕v. 做白日夢；想不切實際的事情
這句話也可説成：We must not build a castle in the air.（我們絕不能建造空中樓閣。）
【*build a castle in the air* 建造空中樓閣；做白日夢】

2. *We have no time to waste.*（我們沒有時間可浪費。）

3. *We must strike while the iron is hot.*
（我們必須打鐵趁熱。）
strike〔straɪk〕v. 打　　iron〔'aɪən〕n. 鐵
這句話的意思是「我們必須打鐵趁熱。」引申為「我們必須把握時機。」也可説成：We must act decisively and take our opportunities.（我們必須抓緊機會，果斷行事。）

4. *Today is the first day of the rest of our lives.*
（每天都是一個新的開始。）　　rest〔rɛst〕n. 其餘部分
這句話字面的意思是「今天是我們餘生開始的第一天。」引申為「每天都是一個新的開始。」(= *Every day is a new beginning.*)

把握時間

5. *Live by the seat of our pants*. (相信自己的直覺。)

　　seat〔sit〕*n.*(褲子等的)臀部　　pants〔pænts〕*n. pl.* 褲子
　　by the seat of one's pants 憑感覺；憑本能；憑經驗；憑直覺

　　by the seat of one's pants 原句為 *fly by the seat of one's
　　pants*，源自於飛航術語，當飛行員駕駛飛機時，如果沒
　　有儀器指示他們飛行的方向和方法，就得靠自己感覺風
　　向和氣流的變化，最簡單的方法之一，就是透過他們的座
　　位。這句話的字面意思是「我們憑著經驗及感覺生活。」引
　　申為「相信自己的直覺。」(= *Trust our own instincts.*)

6. *Milk it for all its worth*. (有花堪折直須折。)

　　milk 當名詞是「牛奶；乳汁」，當動詞使用時有「擠(奶)；
　　榨取」之意，在此作「榨取」解。　　worth〔wɝθ〕*n.* 價值

　　這句話的字面意思是「榨取所有的價值。」隱含的意思是
　　「盡情享受美好的一切。」引申為「有花堪折直須折。」

7. *Let's get down to brass tacks*. (讓我們言歸正傳吧。)

　　get down to sth. 開始做某事；重視某事物；認真處理某事
　　brass〔bræs〕*adj.* 黃銅製的　　tack〔tæk〕*n.* 大頭釘
　　brass tacks 黃銅平頭釘；具體事實；要點；當務之急

　　這句話的字面意思是「我們開始釘大頭釘吧。」隱含的意思
　　是「讓我們該開始認真處理事情吧。」引申為「讓我們言歸正
　　傳吧。」(= *Let's get to the point.*)

8. *Let's get down to work*. (讓我們開始做吧。)

9. *There's no time like the present*. (現在就是最好的時機。)

　　present〔'prɛznt〕*n.* 現在；目前

　　這句話的意思是「沒有像現在的時刻。」引申為「現在就是最
　　好的時機。」

27. *Today is our day*.

Today is our day.
This is our moment.
It's now or never.

This is our shot at the big time.
This is our chance to be somebody.
This is our time in the spotlight.

Yesterday is the past.
Tomorrow is the future.
Today is all we ever have.

　　這一回的九句話，是期許自己和他人能夠把握現在，把握今天，因為今天就是我們的日子（Today is our day.），這是我們重要的時刻（This is our moment.），現在不好好把握，就永遠沒有第二個「今天」，現在不做，就永遠沒機會（It's now or never.）。

　　就是今天，這是我們試試看是否能成功的機會（This is our shot at the big time.）這是我們成為大人物的機會（This is our chance to be somebody.），這是我們嶄露頭角的時刻（This is our time in the spotlight.）。

昨日已成過去（Yesterday is the past.），明天尚未到來（Tomorrow is the future.），我們所擁有的，就只有今天了（Today is all we ever have.）。

【背景説明】

1. **Today is our day.**（今天是我們的日子。）

   這句話字面的意思是「今天是我們的一天。」隱含的意思是「我們今天做事情都很順利平安；我們今天很幸運。」引申爲「今天是我們的日子。」

   【比較】Today is not my day.（我們今天眞倒楣。）

2. **This is our moment.**（這是我們重要的時刻。）

   moment〔'momənt〕n. 片刻；重要的時刻

3. **It's now or never.**（現在不做，就永遠沒機會。）

   這句話字面的意思是「現在或永遠沒有。」引申爲「現在不做，就永遠沒機會。」或「機會不再有。」

4. **This is our shot at the big time.**

   （這是我們試試看是否能成功的機會。）

   shot〔ʃɑt〕n. 嘗試；努力；機會

   【have a shot at 嘗試】

   shot 可作「射擊；投籃」或「嘗試；試圖」解，在此作「嘗試」解，也有「機會」的意思。

   the big time 巨大成功；大紅大紫

   這句話的意思是「這是我們試試看是否能成功的機會。」也可説成：We have a chance to prove ourselves in this situation.（這個情況讓我們有機會證明自己的實力。）

5. ***This is our chance to be somebody.***
（這是我們成為大人物的機會。）
somebody〔'sʌm,badɪ〕*n.* 大人物；有名氣的人
（= *big shot* = *V.I.P.*）【比較】nobody *n.* 無名小卒
這句話字面的意思是「這是我們成為重要人物的良機。」引申
為「這是我們成為大人物的機會。」

6. ***This is our time in the spotlight.***
（這是我們嶄露頭角的時刻。）
spotlight〔'spat,laɪt〕*n.*（舞臺等的）聚光燈；公眾注意的中心
這句話字面的意思是「這是我們在聚光燈下的時刻。」引申為
「這是我們嶄露頭角的時刻。」

7. ***Yesterday is the past.***（昨日已是過去。）
這句話也可說成：Yesterday is history. 字面的意思是「昨
天是歷史。」因為昨天發生的事情已經成為事實，已無法改
變，成為歷史。

8. ***Tomorrow is the future.***（明天尚未到來。）
這句話也可說成：Tomorrow is mystery. 字面的意思是
「明天是個謎。」因為明天尚未到來，無法確切得知會發
生什麼事。

9. ***Today is all we ever have.***
（我們所擁有的，就只有今天了。）
all *sb.* ***ever has*** 某人就只有【ever 用以加強語氣，強調某事不斷發生】
這句話字面的意思是「今天是我們所擁有的全部了。」引申為
「要好好把握今天。」也可說成：Yesterday is gone, tomorrow
isn't here yet.（昨天已經消失，而明天還沒來。）或 Live in the
moment.（要活在當下。）

把握時間

28. *Be willing to sweat.*

Be willing to sweat.
Treat a challenge as an opportunity.
Don't let anything stop us.

Make a sacrifice.
Hold the flag of faith.
Prove our doubters wrong.

Sink or swim.
Live like there's no tomorrow.
Seize the day!

這一回的九句話，是期許自己和他人要願意付出心血 (Be willing to sweat.)，將挑戰視為機會 (Treat a challenge as an opportunity.)，別讓任何事阻擋我們 (Don't let anything stop us.)。

為達成目標和理想，要做出犧牲 (Make a sacrifice.)，要秉持著信念 (Hold the flag of faith.)，證明懷疑我們的人是錯的 (Prove our doubters wrong.)。

　　要達成目標和理想，自己的信念很重要，成敗全靠
自己 (Sink or swim.)，要把握當下 (Live like there's
no tomorrow.)，要把握時光！(Seize the day!)。

【背景説明】

1. *Be willing to sweat.* (要願意付出心血。)
   willing〔'wɪlɪŋ〕*adj.* 願意的
   sweat〔swɛt〕*v.* 出汗；流汗；辛苦工作

   這句話字面的意思是「要願意流汗。」引申爲「要願意付出
   心血。」

2. *Treat a challenge as an opportunity.*
   (將挑戰視爲機會。)
   treat A *as* B　把 A 視爲 B　　challenge〔'tʃælɪndʒ〕*n.* 挑戰
   opportunity〔ˌɑpɚ'tjunətɪ〕*n.* 機會

   這句話字面的意思是「將挑戰當作機會一樣對待。」引申爲
   「將挑戰視爲機會。」(= *Regard a challenge as an*
   opportunity.)

3. *Don't let anything stop us.* (別讓任何事阻擋我們。)

4. *Make a sacrifice.* (要做出犧牲。)
   sacrifice〔'sækrəˌfaɪs〕*n.* 犧牲

5. *Hold the flag of faith.* (要秉持著信念。)
   hold〔hold〕*v.* 拿住；握住　　faith〔feθ〕*n.* 信念；信心

   這句話字面的意思是「要握住信念的旗幟。」引申爲「要秉持
   著信念。」也可說成：Don't give up hope. (不要放棄希望。)

把握時間

6. **Prove our doubters wrong.**
（要證明懷疑我們的人是錯的。）
prove〔pruv〕v. 證明；證實
doubter〔'dautə〕n. 抱持懷疑態度的人；不信宗教（或政治）

7. **Sink or swim.**（成敗全靠自己。）
sink〔sɪŋk〕v. 下沉；墮落；衰微

這句話字面的意思是「下沉或是
游泳。」隱含的意思是「不奮力
游泳向前的話，就是下沉等死。」
引申爲「成敗全靠自己。」

sink

8. **Live like there's no tomorrow.**（要把握當下。）

這句話字面的意思是「要活得像是沒有明天。」就是想做的
事要及時去完成，引申爲「要把握當下。」

9. **Seize the day!**（要把握時光！）
seize〔siz〕v. 抓住；捉住

這句話字面的意思是「要抓住這
一天！」引申爲「要把握時光！」
或「要及時行樂！」

這句話也可説成：Seize the moment! 或 Seize the chance!
都表示要「要把握時光！」或「要抓住機會！」。

把握時間

29. *Life is sweet*.

Life is sweet.
Life is beautiful.
Life is precious.

This is it.
The time is now.
Enjoy today.

This is our moment of truth.
This is our moment in the sun.
This is our time to shine.

把握時間

　　這一回的九句話，是期勉自己和他人要把握時光，因為人生是甜美的（Life is sweet.），人生是美麗的（Life is beautiful.），人生是珍貴的（Life is precious.）。

　　我們只能活一次，不能重來，就是現在（This is it.），現在就是最好的時機（The time is now.），要好好把握當下，好好享受今天（Enjoy today.），把每一

天都當作是生命中的最後一天，努力過生活，那每天都將是我們檢驗自己的時刻。

這是我們的關鍵時刻 (This is our moment of truth.)，這是我們的顛峰時刻 (This is our moment in the sun.)，這是我們大顯身手的時刻 (This is our time to shine.)。

【背景說明】

1. *Life is sweet.* (人生是甜美的。)

2. *Life is beautiful.* (人生是美麗的。)

3. *Life is precious.* (人生是珍貴的。)
   precious〔ˈprɛʃəs〕adj. 珍貴的

4. *This is it.* (就是現在。)
   這句話字面的意思是「就這樣了；就是這個。」引申為「就是現在。」(= *The moment has arrived.*)

5. *The time is now.* (現在就是最好的時機。)
   time 可作「時間；時」、「次；回」、「歷史時期；時代」或「時機；時刻；時候」解，在此作「時機」解。

   這句話字面的意思是「時機就是現在。」引申為「現在就是最好的時機。」也可說成：This is our chance to do something. (這是我們做點事的好機會。)

6. *Enjoy today*.（好好享受今天。）

7. *This is our moment of truth*.（這是我們的關鍵時刻。）
   moment of truth 關鍵時刻；緊要關頭

   moment of truth 的意思就是最終得知一件事情是否會如
   願成功，特別是指一件你投入了極大努力的事情，所以
   這句話字面的意思是「這是我們真實的時刻。」引申為「這
   是我們的關鍵時刻。」

8. *This is our moment in the sun*.
   （這是我們的顛峰時刻。）

   moment in the sun 顛峰時刻；最好
   　的時光

   a moment in the sun

   這句話字面的意思是「這是我們在陽光下的時刻。」引申
   為「這是我們的顛峰時刻。」也可說成：This is a joyous
   time to celebrate an achievement.（這是個慶祝成功的
   歡樂時刻。）

9. *This is our time to shine*.（這是我們大顯身手的時刻。）
   shine〔ʃaɪn〕*v.* 發光；照耀；顯露；發亮

   這句話字面的意思是「這是我們發光發熱的時刻。」引申
   為「這是我們大顯身手的時刻。」(= *This is our time to*
   distinguish ourselves.) 也可說成：This is a chance to
   show off our skills.（這是一個展現我們技能的機會。）
   【*show off* 炫耀】

把
握
時
間

30. *Today is made for us.*

Today is made for us.
Every minute counts.
Today's decisions are tomorrow's
　realities.

Be optimistic.
Be determined.
Those who hesitate are lost.

Concentration is the key to success.
Nothing is impossible to a willing
　mind.
Be the master of our success story.

把握時間

　　這一回的九句話，是期勉自己和他人要把握當下，
因爲今天是我們的日子（Today is made for us.），每
分每秒都很重要，分秒必爭（Every minute counts.），
今日的決定就是明日的事實（Today's decisions are
tomorrow's realities.）。

　　要樂觀（Be optimistic.），要下定決心（Be
determined.），想追求目標就要即刻行動，因爲猶豫者

必失良機（Those who hesitate are lost.），專心是成功的關鍵（Concentration is the key to success.），有志者事竟成（Nothing is impossible to a willing mind.），成功操之在我們手中（Be the master of our success story.）。

【背景說明】

1. **Today is made for us.**（今天是我們的日子。）
   be made for sb. 完全適合某人
   這句話字面的意思是「今天完全適合我們。」在這裡的意思是「今天我們做任何事都會很順利。」表示運氣很好，引申為「今天是我們的日子。」（= Today is our day.）

2. **Every minute counts.**（分秒必爭。）
   count 可作「計算；數」或「有重要意義；有重要價值」解，在此作「有重要意義」解。
   這句話字面的意思是「每一分鐘都很重要。」引申為「分秒必爭。」

3. **Today's decisions are tomorrow's realities.**
   （今日的決定就是明日的事實。）
   reality 可作「現實；真實」或「事實；實際存在的事物」解，在此作「實際存在的事物」解。
   這句話的意思是「今天的決定是明日的事實。」隱含的意思是「今天我們做任何決定都會造就明日的我們。」應當好好把握今日，盡其在我。

4. **Be optimistic.**（要樂觀。）
   optimistic〔͵ɑptə'mɪstɪk〕adj. 樂觀的
   也可說成：Be positive.（要樂觀。）或 Always look on the bright side of things.（要看事物的光明面。）

把握時間

5. *Be determined*. (要下定決心。)
determined〔dɪ'tɜmɪnd〕*adj.* 已下決心的;堅定的;果斷的

6. *Those who hesitate are lost*. (猶豫者必失良機。)
hesitate〔'hɛzə,tet〕*v.* 猶豫;遲疑
lost〔lɔst〕*adj.* 失敗了的;輸掉的

這句話字面的意思是「凡是猶豫的人就是失敗的。」因為總
是把間和心力耗費在舉棋不定,錯失許多機會,無法確
實完成任何事,引申為「猶豫者必失良機。」(= *They who
cannot come to a decision will suffer for it.*)

7. *Concentration is the key to success*.
(專心是成功的關鍵。)
concentration〔,kɑnsn'treʃən〕*n.* 專心;專注
key〔ki〕*n.* 關鍵

8. *Nothing is impossible to a willing mind*.
(有志者事竟成。)
willing〔'wɪlɪŋ〕*adj.* 積極肯做的;心甘情願的;願意的
mind〔maɪnd〕*n.* (有才智的) 人

這句話字面的意思是「對願意做的人來說,沒有事情是不可
能的。」引申為「有志者事竟成。」(= *Where there's a will,
there's a way.*)

9. *Be the master of our success story*.
(成功操之在我們手中。)
master〔'mæstə〕*n.* 主人

這句話字面的意思是「要做我們自己成功故事的主人。」隱
含的意思是「成功與否的關鍵在於我們自己要不要去達成。」
引申為「成功操之在我們手中。」

31. We can do it.

We can do it.
We have what it takes.
Let's get it done.

Life is a game.
The game is on the line.
Failure is not an option.

United we stand, divided we fall.
Let's all band together.
As one we shall prevail.

　　這一回的九句話是用來激勵自己和他人。要告訴大家，我們做得到（We can do it.），我們有能力（We have what it takes.），做就對了（Let's get it done.）。人生是一場比賽（Life is a game.），現在是決勝的關鍵（The game is on the line.），我們只許成功，不許失敗（Failure is not an option.）。而不失敗的秘訣之一就是要團結，團結則立，分散則倒（United we stand, divided we fall.），讓我們團結一心（Let's all band together.），只有團結才能成功（As one we shall prevail.）。

團結一致

【背景説明】

1. *We can do it*. (我們能做到。)
   也可説成：We can make it. (我們會成功。)

2. *We have what it takes*. (我們有能力。)
   have what it takes 有能力

   what it takes 是 what it takes to accomplish
   something 的省略，指「(完成某事的) 能力」，
   相當於 ability。

3. *Let's get it done*. (做就對了。)

   這句話的意思等於 Let's get it fixed. 都是「讓我們把它做
   好、把它搞定」的意思。【fix〔fɪks〕 *v.* 安排；解決】

4. *Life is a game*. (人生是一場比賽。)
   game〔gem〕 *n.* 遊戲；比賽

   這句口號是拿比賽來與真實人生作類比，現實生活中很多
   情況下，和大多數的比賽相同，有贏和輸，有勝利者和失
   敗者。

5. *The game is on the line*. (現在是比賽的決勝時刻。)
   be on the line 處於危險狀態

   be on the line 這句慣用語最初是指
   戰爭的前線，那裡有遭到砲火襲擊
   的危險，在這裡引申爲「是關鍵時
   刻；是決定性的時刻。」所以這句口

   號的意思就是「現在是比賽的決勝時刻。」(= *This is the
   crucial moment*. = *This is the deciding moment*.)
   【crucial〔'kruʃəl〕 *adj.* 非常重要的】

6. ***Failure is not an option.*** (我們只許成功，不許失敗。)
failure〔'feljɚ〕*n.* 失敗　　option〔'ɑpʃən〕*n.* 選擇

這句話字面的意思是「失敗不是一個選項。」引申爲「我們
不會接受失敗。」(= *We won't accept failure.*) 或「我們只
許成功，不許失敗。」(= *We have no choice but to succeed.*)

7. ***United we stand, divided we fall.***
(團結則立，分散則倒。)
united〔ju'naɪtɪd〕*adj.* 團結的
stand〔stænd〕*v.* 繼續存在
divided〔də'vaɪdɪd〕*adj.* 分裂的　　fall〔fɔl〕*v.* 倒下；滅亡

這句話是句諺語，原爲：If we are united, we will stand;
but if we are divided, we will fall. 字面的意思是「如果我
們團結，我們就可以持續存在；但如果我們分裂就會滅亡。」也
就是「團結則立，分散則倒。」也可說成：We must stick
together. (我們必須團結。)【*stick together* 黏在一起；不分離】

8. ***Let's all band together.*** (讓我們團結一心。)
band〔bænd〕*v.* 團結　　***band together*** 團結

這句話的意思是「讓我們團結吧。」也就是「讓我們團結一
心。」(= *Let's work as one.*)

9. ***As one we shall prevail.*** (只有團結才能成功。)
as one 一致；一起
prevail〔prɪ'vel〕*v.* 獲勝；佔優勢；佔上風

這句話字面的意思是「當我們團結在一起將會獲勝。」引申
爲「只有團結才能成功。」(= *We can only succeed as a
group.*)

團
結
一
致

32. *We're on a mission*.

We're on a mission.
We're on a crusade.
Nothing is going to stop us.

We've got God on our side.
We've circled the wagons.
Our heads are in the game.

We still have plenty of fight.
We will not run out of steam.
We will answer the call.

團結一致

　　這一回的九句話，是期許自己和他人面對人生的態度要認真，因爲我們肩負重要任務 (We're on a mission.)，我們負有神聖的使命 (We're on a crusade.)，以這種認真的態度看待人生的挫折，相信沒有什麼事可以阻撓我們 (Nothing is going to stop us.)。

　　天助自助者，只要我們肯努力，我們有上帝爲我們護航 (We've got God on our side.)。面對挑戰，我們已經嚴陣以待 (We've circled the wagons.)，我們全心投入 (Our heads are in the game.)。

人生旅途上有許多挑戰，我們還有很長的路要走
(We still have plenty of fight.)，我們不會失去熱
情 (We will not run out of steam.)，我們會接受任
何挑戰 (We will answer the call.)。

【背景説明】

1. *We're on a mission*. (我們肩負任務。)
   mission〔'mɪʃən〕*n.* 使命；任務

2. *We're on a crusade*. (我們負有神聖使命。)
   crusade〔kru'sed〕*n.* 聖戰；改革運動

   這句話中的 crusade 源自於中古世紀
   時期，十字軍負有收復基督教聖地耶
   路撒冷的神聖使命。

   crusade

3. *Nothing is going to stop us*.
   (沒有什麼事可以阻止我們。)

4. *We've got God on our side*. (我們有上帝爲我們護航。)
   on one's side 站在某人那邊；支持某人

   這句話的字面意思是「我們有上帝站在我們這邊。」引申爲
   「我們有上帝爲我們護航。」

5. *We've circled the wagons*. (我們已經嚴陣以待。)
   wagon〔'wægən〕*n.* (四輪) 馬車
   circle the wagons 嚴陣以待

   這句話的字面意思是「我們把馬車圍成一圈。」一群人把運送
   貨物的馬車圍成一圈，以防危險，引申爲「我們已經嚴陣以
   待」(= *We are ready for an attack*.)。

團
結
一
致

6. *Our heads are in the game*. (我們全心投入。)

這句話的字面意思是「我們的頭在比賽中。」隱含的意思是
「我們全神貫注在人生的比賽中。」引申為「我們全心投入。」
常見的用法為：get *one's* head in the game (使某人全心投
入)。

7. *We still have plenty of fight*.
(我們還有很長的路要走。)
plenty of 很多；大量的　　 fight〔faɪt〕*n.* 打仗；奮鬥

這句話字面的意思是「我們還有許多戰鬥。」隱含的意思是
「我們還有許多困難需要克服。」引申為「我們還有很長的路
要走。」(= *We still have a long way to go.*)

8. *We will not run out of steam*. (我們不會失去熱情。)
run out of 用完　　 steam〔stim〕*n.* 蒸氣；力氣；精力
run out of steam 筋疲力竭；失去動力

這句話字面的意思是「我們尚未筋疲力竭。」引申為「我
們不會失去熱情。」(= *We will not run out of enthusiasm.*)
例如：Toward the end of the lecture, he seemed to
run out of steam, leaving us with no summary or
conclusion. (到了演講的尾聲，他似乎已筋疲力竭，沒有給
我們留下任何結語或結論。)

9. *We will answer the call*. (我們會接受任何挑戰。)
call 可作「通話；呼籲；需求」解釋，在此作「需求」解。

這句話字面的意思是「我們會回應需求。」隱含的意思是
「我們有能力可以達成任務。」引申為「我們會接受任何挑
戰。」(= *We will accept any challenge.*)

團結一致

33. Work hard.

Work *hard*.
Study *hard*.
Play *hard*.

Do as much as we can every day.
Be as busy as a bear in a beehive.
Cross bridges when we come
　　to them.

Don't waste any time.
There isn't a moment to spare.
Throw caution to the wind.

團結一致

　　這一回的九句話，是激勵自己和他人要努力工作
(Work hard.)，用功讀書 (Study hard.)，盡情玩樂
(Play hard.)，每天都盡力而為 (Do as much as we
can every day.)，要忙碌才會有收穫 (Be as busy as
a bear in a beehive.)。能未雨綢繆固然是好事，但
也不用太過於煩惱擔心尚未發生的事，船到橋頭自然
直 (Cross bridges when we come to them.)，

不要浪費任何時間（Don't waste any time.），因為我
們沒有多餘的時間（There isn't a moment to spare.）
可以浪費，所以放心大膽地去冒險吧（Throw caution
to the wind.）。

【背景説明】

1. **Work hard.**（努力工作。）
   hard〔hɑrd〕*adv.* 努力地

2. **Study hard.**（用功讀書。）

3. **Play hard.**（盡情玩樂。）

   這三句話也可以合成一句，説成：Work hard, study hard,
   play hard.【慣用句】

4. **Do as much as we can every day**.（每天都盡力而為。）
   as ~ as one can 盡可能地~

5. **Be as busy as a bear in a beehive**.（忙碌才有收穫。）
   bear〔bɛr〕*n.* 熊
   beehive〔'bi,haɪv〕*n.* 蜂窩

   這句話字面的意思是「要如同熊
   在蜂窩裡一樣忙碌。」當熊要採
   食蜂蜜時，會先忙著把蜂窩裡
   成千上百隻的蜜蜂趕走，所以
   這句話可引申為「忙碌才有收穫。」

beehive

團結一致

6. *Cross bridges when we come to them.*

（船到橋頭自然直。）

cross〔krɔs〕*v.* 越過

這句話字面的意思是「當我們到達橋
樑時才過橋。」隱含的意思是「當事
情尚未來臨前，我們不用煩惱太多。」
引申為「船到橋頭自然直。」這句話
也可以說成「兵來將擋，水來土掩。」

7. *Don't waste any time.*（不要浪費任何時間。）

waste〔west〕*v.* 浪費

8. *There isn't a moment to spare.*（沒有多餘的時間。）

moment〔'momənt〕*n.* 瞬間；片刻

spare〔spɛr〕*v.* 剩下

這句話的意思是「沒有片刻的時間剩下。」也就是「沒有多
餘的時間。」

9. *Throw caution to the wind.*（放心大膽地去冒險。）

throw〔θro〕*v.* 投擲；拋；扔（*= toss = cast*）

caution〔'kɔʃən〕*n.* 警告；小心；謹慎

wind〔wɪnd〕*n.* 風

throw…to the wind 將…拋到九霄雲外；不再考慮

這句話字面的意思是「把謹慎拋到九霄雲外。」隱含的意思
是「不要害怕冒險或是負面的結果。」引申為「放心大膽地去
冒險。」（*= Take a great risk.*）

34. Life is a journey.

Life is a journey.
Life is what we make it.
Expect the unexpected.

Make a difference.
Make our presence felt.
Those who can, do.

Together we can win.
There is no "I" in team.
Nothing can stop us.

團結一致

　　這一回的九句話，是期許自己和他人活出精彩的人生。人生是趟旅程 (Life is a journey.)，我們可以決定自己的行程，命運操之在我們 (Life is what we make it.)，但人生旅途上總是會遭遇一些意料之外的事件，所以要未雨綢繆 (Expect the unexpected.)。

　　人生要活得不同凡響，就要有所作為 (Make a difference.)，要突顯自己 (Make our presence felt.)，因為能者多勞 (Those who can, do.)，越有能力，責任就越大。

人無法離群索居，團結我們才會贏 (Together
we can win.)，團隊裡沒有個人 (There is no "I"
in team.)，我們銳不可擋 (Nothing can stop us.)。

【背景說明】

1. *Life is a journey.* (人生是趟旅程。)
   journey〔'dʒɜnɪ〕 *n.* 旅程
   journey 常指「較長的陸上旅行」；「海上航行」則是 voyage
   〔'vɔɪ·ɪdʒ〕。

2. *Life is what we make it.* (命運操之在我們。)
   make it 成功；做或完成某事
   這句話字面的意思是「人生就是我們完成了什麼。」引申
   為「命運操之在我們。」

3. *Expect the unexpected.* (要未雨綢繆。)
   expect〔ɪk'spɛkt〕 *v.* 預期；期待
   unexpected〔ˌʌnɪk'spɛktɪd〕 *adj.* 出乎意料的；意外的
   the unexpected 意外事件
   這句話字面的意思是「要預期會有意外事件發生。」引申為
   「要未雨綢繆。」

4. *Make a difference.* (要有所作為。)
   make a difference 有影響；有差別；關係重大
   這句話字面的意思是「要有差別；要試著不一樣。」這句慣用
   語通常是指對某事產生巨大的影響或作用，引申為「要有所
   作為。」
   【比較】Make no difference. (沒有影響；都一樣；沒有差別。)

團結一致

5. ***Make our presence felt.*** (要突顯自己。)

presence〔'prɛzns〕*n.* 出席；在場；存在
make *one's* ***presence felt*** 設法引起他人注意

這句話字面的意思是「要讓我們的存在被他人感受到。」要讓
自己的存在被發現，一定是有過人之處，引申為「要突顯自
己。」(= *Make a difference in the corrent situation.*)

6. ***Those who can, do.*** (能者多勞。)

those who 凡是~的人 (= *the people who*)

這句話字面的意思是「凡是有能力的人，就應該去做。」引申
為「能者多勞。」也可説成：Successful people take the
initiative. (成功的人會採取主動。)
【initiative〔ɪ'nɪʃɪ,etɪv〕*n.* 主動權】

7. ***Together we can win.*** (團結我們就會贏。)

這句話字面的意思是「一起我們就會贏。」引申為「團結我
們就會贏。」也可説成：United we stand, divided we fall.
(團結則立，分散則倒。)

8. ***There is no "I" in team.*** (團隊裡沒有個人。)

team〔tim〕*n.* 團隊

There is no "I" in team. 這句話的
意思是在 team (團隊) 這個字的拼
字裡，沒有 I 這個字母，也就是暗
喻團隊中沒有個人自我的存在，引
申為「團體裡沒有個人。」

9. ***Nothing can stop us.*** (我們銳不可擋。)

這句話字面的意思是「沒有任何事可以阻擋我們。」引申為
「我們銳不可擋。」

35. *Commit ourselves.*

Commit *ourselves.*
Dedicate *ourselves.*
Totally focus on our goal.

See the forest for the trees.
Put one foot in front of the other.
Don't change horses in midstream.

It's a snap.
It's a piece of cake.
It's a walk in the park.

團結一致

　　這一回的九句話，是要激勵自己和他人要專心
（Commit ourselves.），要投入（Dedicate
ourselves.），要把注意力完全集中在我們的目標上
（Totally focus on our goal.）。

　　但除了專注在我們的目標之外，綜觀大局也是
不可缺少的，所以要以大局為重（See the forest
for the trees.），要踏踏實實地前進（Put one foot in
front of the other.），不要中途變卦（Don't change
horses in midstream.）。

專心致志其實是件簡單輕鬆的事（It's a snap.），
是易如反掌的事（It's a piece of cake.），是可輕鬆達
成的事（It's a piece of cake.）。

【背景説明】

1. **Commit ourselves.**（要專心。）
   commit oneself 專心；全力以赴
   這句話也可以説成：Be committed.（要專心。）

2. **Dedicate ourselves.**（要投入。）
   dedicate oneself 獻身；投入
   這句話也可以説成：Be dedicated.（要投入。）

3. **Totally focus on our goal.**
   （把注意力完全集中在我們的目標上。）
   totally〔'totlɪ〕adv. 完全地
   focus on 集中注意力於　　goal〔gol〕n. 目標

4. **See the forest for the trees.**（以大局為重。）
   forest〔'fɔrɪst〕n. 森林
   這句話字面的意思是「為了樹林，要看森林。」引申為「為
   了細節，要先看大局。」即「以大局為重。」（= *Don't pay too
   much attention to details, thereby missing the important
   part of the general situation.*）美國人也常説：You can't
   see the forest for the trees.（見樹不見林。）意思是「只注
   意到細節，忽略了重點。」

5. **Put one foot in front of the other.**（要踏踏實實地前進。）
   in front of 在…前面　　**the other**（兩者的）另一個
   這句話字面的意思是「把一隻腳放在另一隻腳前面。」引申
   為「要一步一步照規矩走。」也就是「要踏踏實實地前進。」
   （= *Do things carefully and in the proper order.*）

6. ***Don't change horses in midstream.***（不要中途變卦。）
midstream〔'mɪd,strim〕*n.* 河流正中；中游；中途
in midstream 在進行中

這句話字面的意思是「渡河中途不要換馬。」1864 年，林肯
在競選連任美國總統時的演講中曾說過這句話。當時，不
少人對於林肯處理南北戰爭的做法不滿，想更換總統，所
以他才在演說中說了這句話，強調國事危急，臨時更換領
導人並不明智，這句話引申為「不要中途變卦。」也可以說
「不要陣前換將。」(= *Don't change your leader or your*
basic position when halfway through a campaign.)

7. ***It's a snap.***（這是簡單輕鬆的事。）
snap 可作「劈啪聲」、「快照」、「薄脆餅」，或是輕鬆的工作」
解，在此作「輕鬆的工作」解。

這句話字面的意思是「這是輕鬆的工作。」引
申為「這是簡單輕鬆的事。」也可說成：It's as
easy as snapping your fingers.（這就像捏捏
手指一樣容易。）或 It's easy.（這很容易。）
【snap〔snæp〕*v.* 捏（手指）】

snap

8. ***It's a piece of cake.***（這是易如反掌的事。）

這句話字面的意思是「這是一片蛋糕。」引申為「這是易如
反掌的事。」

9. ***It's a walk in the park.***（這是可輕鬆達成的事。）

這句話字面的意思是「這是在公園散步。」引申為「這是可
輕鬆達成的事。」也可說成：It's simple.（這很簡單。）或
It's not difficult.（這不困難。）

36. *Go for broke.*

Go for broke.
Live for the moment.
Tomorrow may never come.

Go against the grain.
It's down to the wire.
It's do or die.

Fight tooth and nail.
Lay our cards on the table.
Let the chips fall where they may.

　　這一回的九句話，是用來激勵自己和他人要全力以赴 (Go for broke.)，要專心致力於達成目標，爲此刻而活 (Live for the moment.)，因爲明天可能永遠都不會來 (Tomorrow may never come.)。

　　不要隨波逐流 (Go against the grain.)，樂於接受挑戰，要努力到最後一刻成功與否，直到最後才見分曉 (It's down to the wire.)。想達成目標和夢想，要有破釜沉舟的決心 (It's do or die.)，要竭盡全力拼命奮戰

（Fight tooth and nail.），拿出我們的本事（Lay our cards on the table.），準備接受任何可能（Let the chips fall where they may.）。

【背景説明】

1. ***Go for broke.*** （全力以赴。）
   broke〔brok〕*adj.* 破產的　　***go for broke*** 孤注一擲

   go for broke 表示去做某事，若做不成，金錢、名譽都將破產。這句話源自賭博，將所有的錢孤注一擲，是慣用句，broke 是形容詞，做介詞 for 的受詞，似乎不可能，所以要當作慣用句來背。

2. ***Live for the moment.*** （為此刻而活。）
   moment〔'momənt〕*n.* 時刻

3. ***Tomorrow may never come.*** （明天可能永遠不會來。）

4. ***Go against the grain.*** （不要隨波逐流。）
   go against 違背；違反
   grain〔gren〕*n.* 性情；氣質；木紋；石紋
   against the grain 違反本性；格格不入

   這句話源自當你砍樹的時候，順著木紋砍比較容易（*When cutting woods, it's easier to cut with the grain.*）因此，Go gainst the grain. 意思是「不要順應潮流。」、「不要隨波逐流。」（= *Don't follow the crowd.*）「做個先驅者。」（= *Be a pioneer.*）

5. ***It's down to the wire.*** （直到最後才見分曉。）
   wire〔waɪr〕*n.* 金屬線；金屬絲
   down to the wire 直到最後的最後；直到終點

團結一致

這句話源自於賽馬運動，wire 是指賽馬跑道終點拉的終點線，它在幾乎不相上下的競賽中，有助於判斷究竟誰先誰後。觀看賽馬時，有時會見到領先的幾匹馬幾乎不分前後，要直到衝過終點線的一剎那才定勝負。*down to the wire* 如今常用在政界，尤其是競選運動中。這句話的字面意思是「要直到終點線。」引申為「直到最後才見分曉。」

6. *It's do or die*. (要有破釜沉舟的決心。)

這句話字面的意思是「做，或者死。」在這裡的意思是「是生死關鍵的時刻，需要拼死一搏。」引申為「要有破釜沉舟的決心。」

7. *Fight tooth and nail*. (要竭盡全力拼命奮戰。)

Fight tooth and nail. 其實是 *Fight with teeth and nails*. 這句慣用語的簡略形式。tooth 是「牙齒」，nail 是「指甲」，要是打架的時候又咬又抓的，那可真是使盡渾身解數的一場惡鬥，引申為「要竭盡全力拚命奮戰。」(= *Fight with a lot of effort*.)

8. *Lay our cards on the table*. (要表明我們的立場。)

lay 〔 le 〕 *v*. 放置　　cards 〔 kɑrdz 〕 *n. pl*. 撲克牌
lay one's cards on the table 攤牌；(把計劃或打算等) 和盤托出

這句話字面的意思是「把我們的牌攤在桌上。」隱含的意思為「開誠佈公地把自己的思想、感情和意圖說出來。」引申為「要表明我們的立場。」

9. *Let the chips fall where they may*.
(準備接受任何可能。)

chip 〔 tʃɪp 〕 *n*. 籌碼

這句話裡面的 chips 是指賭博用的「籌碼」，讓籌碼掉到可能掉的地方，隱含的意思有點類似中文裡的「聽天由命。」引申為「不管後果。」或「準備接受任何可能。」

37. *Union is strength*.

Union is strength.
Always reach out to our teammates.
Together we win.

Quit complaining.
Work with our heart.
No distractions, just accomplishments.

Knock out discouragement.
Positive words inspire positive
　emotion.
Positive words provoke positive results.

團結一致

　　這一回的九句話，是勉勵自己和他人要團結合作，
團結就是力量 (Union is strength.)，一定要為隊友伸出
援手 (Always reach out to our teammates.)，同心協
力我們才會贏 (Together we win.)。

　　要停止抱怨 (Quit complaining.)，天將降大任於
斯人也，必先苦其心志，所以要用心工作 (Work with our

heart.)。我們只要成功，其餘免談 (No distractions, just accomplishments.)。

碰到困難挫折，不要氣餒 (Knock out discouragement.)，試著呼喊出正面積極的話語，因為正面的話語能激起正面的情緒 (Positive words inspire positive emotion.)，正面的話語能帶來正面的成果 (Positive words provoke positive results.)。

【背景說明】

1. **Union is strength.** (團結就是力量。)
   union〔'junjən〕*n.* 結合；團結；聯盟
   strength〔strɛŋθ〕*n.* 力量

2. **Always reach out to our teammates.**
   (一定要為隊友伸出援手。)
   reach out 伸出手　**reach out to** *sb.* 為某人提供幫助
   teammate〔'tim,met〕*n.* 隊友

   這句話字面的意思是「總是對我們的隊友伸出手。」引申為「一定要對隊友伸出援手。」

3. **Together we win.** (同心協力我們才能贏。)

4. **Quit complaining.** (停止抱怨。)
   quit〔kwɪt〕*v.* 停止
   quit + V-ing 表「停止做⋯」。
   complain〔kəm'plen〕*v.* 抱怨

5. **Work with our heart.** (要用心工作。)

6. *No distractions, just accomplishments.*
（只要成就，其餘免談。）
distraction〔dɪ'strækʃən〕*n.* 使人分心的事物；分心；
　娛樂；消遣
accomplishment〔ə'kɑmplɪʃmənt〕*n.* 成就；成功

這句話字面的意思是「沒有使人分心的事物，只有成功。」
引申為「只要成功，其餘免談。」

7. *Knock out discouragement.* （不要氣餒。）
knock out 一拳擊昏（某人）；打敗；淘汰
discouragement〔dɪs'kɝɪdʒmənt〕*n.* 氣餒；洩氣

這句話字面的意思是「要一拳打倒氣餒。」在這裡的意思是
「不要被一時的沮喪情緒所打倒，要掃除負面的情緒。」引申
為「不要氣餒。」

8. *Positive words inspire positive emotion.*
（正面的話語能激起正面的情緒。）
positive〔'pɑzətɪv〕*adj.* 正面的；積極的；樂觀的
inspire〔ɪn'spaɪr〕*v.* 激起；喚起
emotion〔ɪ'moʃən〕*n.* 情緒

9. *Positive words provoke positive results.*
（正面的話語能帶來正面的成果。）
provoke〔prə'vok〕*v.* 誘導；導致
result〔rɪ'zʌlt〕*n.* 結果；成果

團結一致

38. *We are tough*.

We are tough.
We are strong.
We can endure anything.

We have experience.
We have knowledge.
Knowledge is power.

Where there's a will, there's a way.
We have strength in numbers.
We cannot be defeated.

這一回的九句話，是激勵自己和他人勇於面對困
難時要高喊：我們有耐力。(We are tough.)、我們很
堅強 (We are strong.)，能忍受任何事情 (We can
endure anything.)。

繼續替自己打氣：我們有經驗 (We have
experience.)，我們有知識 (We have knowledge.)，
知識就是力量 (Knowledge is power.)，有志者事竟

成（Where there's a will, there's a way.）、我們人多力量大（We have strength in numbers.），我們不會被打敗（We cannot be defeated.）。

【背景説明】

1. ***We are tough.*** (我們有耐力。)
   tough〔tʌf〕*adj.* 強壯的；刻苦耐勞的

2. ***We are strong.*** (我們很堅強。)

3. ***We can endure anything.*** (我們可以忍受任何事。)
   endure〔ɪn'djʊr〕*v.* 忍耐；忍受（ = *put up with* ）

4. ***We have experience.*** (我們有經驗。)
   experience〔ɪk'spɪrɪəns〕*n.* 經驗；經歷

5. ***We have knowledge.*** (我們有知識。)
   knowledge〔'nɑlɪdʒ〕*n.* 知識

6. ***Knowledge is power.*** (知識就是力量。)

這句話是哲學家培根的名言。知識是進步的原動力，人類憑藉知識、新知，擴大了生存的領域，改進了生活方式，創造了電腦科技時代。知識可以充實人生、美化生活、增進工作能力，所以培根才會説「知識就是力量」。

激勵士氣

7. ***Where there's a will, there's a way.***
   （有志者事竟成。）
   where〔hwεr〕*conj.* 如果（= *if*）
   will〔wɪl〕*n.* 意志力；毅力

   這句話字面的意思是「如果有意志力，就會有出路。」也
   就是「有志者事竟成」。

8. ***We have strength in numbers.***（我們人多力量大。）
   strength〔strεŋθ〕*n.* 力量
   number〔'nʌmbɚ〕*n.* 數目；數量
   strength in numbers 在數量上有優勢

   strength in numbers 表示力量或士氣受到較大一群人的
   影響，所以，We have strength in numbers. 就是「我
   們人多力量大。」（= *We are more powerful as a group.*）

9. ***We cannot be defeated.***（我們不會被打敗。）
   defeat〔dɪ'fit〕*v.* 打敗

39. *We're on the right track.*

We're on the right track.
We're doing the right things.
We're taking the right steps.

We're on the same page.
We're speaking the same language.
We're on the same wavelength.

We're right on the money.
We're on the verge of success.
We're on the threshold of victory.

　　這一回的九句話，是要勉勵大家朝目標及夢想前進時，給自己的信心喊話，告訴自己我們的方向正確（We're on the right track.），我們做得對（We're doing the right things.），我們採取正確的步驟（We're taking the right steps.）。

　　而且團隊裡的成員默契良好，我們的見解一致（We're on the same page.），我們的理念一致（We're speaking the same language.），我們志同道合（We're on the same wavelength.）。

激勵士氣

而且我們的眼光精準（We're right on the money.），
所以我們成功在望（We're on the verge of success.），
我們勝券在握（We're on the threshold of victory.）。

【背景説明】

1. **We're on the right track.**（我們的方向正確。）
   track〔træk〕*n.* 軌跡；足跡
   be on the right track 上軌道；在正確的方向
   這句話字面的意思是「我們在正確的軌道上。」引申為「我們的方向正確。」

2. **We're doing the right things.**（我們做得對。）
   在商業界的美國人常説：Management is doing things right; leadership is doing the right things.（管理是把事情做對；領導是做對的事。）由此可知，選擇做對的事情的層次是較高的，也就是説：Doing the right things is more important than doing things right.（做對的事比把事情做對更重要。）

3. **We're taking the right steps.**（我們採取正確的步驟。）
   step〔stɛp〕*n.* 步驟；措施；腳步　　**take steps** 採取步驟

4. **We're on the same page.**（我們的見解一致。）
   這句話字面的意思是「我們在同一頁上。」引申為「我們的見解一致。」也就是「我們的看法相同。」(= *Our opinion is the same.*)

5. **We're speaking the same language.**（我們的理念一致。）
   speak the same language 有共同信念

這句話字面的意思是「我們說同樣的語言。」因爲說相同的
語言，一定程度上可以互相理解，引申爲「我們的理念一
致。」或「我們表面上達成共識。」(= *We are singing from
the same hymn sheet.*)

【hymn〔hɪm〕*n.* 讚美詩；聖歌　　sheet〔ʃit〕*n.* 一張（紙）
sing from the same hymn sheet 表面上達成共識】

6. ***We're on the same wavelength.***（我們志同道合。）
wavelength〔'wev͵lɛŋθ〕*n.* 波長
be on the same wavelength（與其他人的觀點、感情）相投

這句話字面的意思是「我們有相同的波長。」波長相同、
頻率相同，引申爲「我們志同道合。」

7. ***We're right on the money.***（我們眼光精準。）
(***be right***) ***on the money*** 沒有偏差；完全正確

be right on the money 字面的意思是「錢數得很正確」的意
思，然而此慣用語不一定只限用於金錢方面，也可以用來
指任何對現實的談論和預估。

8. ***We're on the verge of success.***（我們成功在望。）
verge〔vɝdʒ〕*n.* 邊緣
on the verge of 接近；瀕臨 (= *on the edge of* = *on the brink of*)

這句話字面的意思是「我們快要成功了。」引申爲「我們成功
在望。」也可以說成「成功近在咫尺。」(= *Success is within
reach.*)

9. ***We're on the threshold of victory.***（我們勝券在握。）
threshold〔'θrɛʃold〕*n.* 門檻　　victory〔'vɪktərɪ〕*n.* 勝利
on the threshold of 在…開端；面臨

這句話字面的意思是「我們在勝利的起點。」引申爲「我們
勝券在握。」

40. *Keep smiling.*

Keep smiling.
Keep learning.
We can succeed.

There is a fire in our belly.
We have the eye of the tiger.
Don't hold anything back.

Be vigilant!
Be tenacious!
Be aggressive!

　　這一回的九句話，是給自己和他人建立信心的口號。要保持微笑（Keep smiling.），要不斷學習（Keep learning.），要相信我們會成功（We can succeed.）。

　　因為我們有滿腔的熱情（There is a fire in our belly.），我們的目光精準且堅定（We have the eye of the tiger.），看準目標後，就要全力衝刺，不要有所保留（Don't hold anything back.）。

　　但是要謹慎！（Be vigilant!），要堅持！（Be tenacious!），要積極進取！（Be aggressive!）。

激勵士氣

【背景説明】

1. *Keep smiling*. (要保持微笑。)
   *kee*p + *V-ing* 持續~

Keep smiling

2. *Keep learning*. (要不斷學習。)

3. *We can succeed*. (我們會成功。)

4. *There is a fire in our belly*. (我們有滿腔的熱情。)
   belly 〔ˈbɛlɪ 〕 *n.* 肚子；腹腔
   fire 可作「火；火力；火災」或「熱情；激情」解，在此作
   「熱情」解。

   這句話字面的意思是「有一把火在我們的肚子裡。」引申為
   「我們有滿腔的熱情。」也可説成：We are driven. (我們
   有動力。) 或 We are passionate. (我們充滿熱情。)
   【drive 〔 draɪv 〕 *v.* 驅動　　passionate 〔ˈpæʃənɪt 〕 *adj.* 熱情的】

5. *We have the eye of the tiger*.
   (我們的目光精準且堅定。)
   the eye of the tiger 像老虎般的精準且堅定的目光

   這句話字面的意思是「我們有老虎
   的眼睛。」當我們要達成目標時，
   必須要「專注」，像老虎盯著獵物
   般飢渴的眼神，專注在我們的目
   標上，引申為「我們的目光精準且

the eye of the tiger

   堅定。」也可説成：We are extremely focused on
   something. (我們非常專注。)

6. ***Don't hold anything back.*** (不要有所保留。)
hold back 保留；抑制；退縮

這句話是字面的意思是「不要保留任何事情。」引申為「不要有所保留。」

7. ***Be vigilant!*** (要謹慎！)
vigilant〔ˈvɪdʒələnt〕*adj.* 警戒的；警惕的；警醒的

這句話字面的意思是「要警戒！」對周遭事物都保持著警戒狀態，也就是「要謹慎！」也可說成：Be cautious! (要謹慎！) 或 Be careful! (要小心！)

8. ***Be tenacious!*** (要堅持！)
tenacious〔tɪˈneʃəs〕*adj.* 堅持的；頑強的；固執的

這句話也可說成：Be persistent! (要不屈不撓！) 或 Be resolute! (要有決心！)【persistent〔pəˈsɪstənt〕*adj.* 堅持的；不屈不撓的 resolute〔ˈrɛzəˌlut〕*adj.* 堅決的】

9. ***Be aggressive!*** (要積極進取！)
aggressive〔əˈgrɛsɪv〕*adj.* 積極進取的；有攻擊性的

這句話也可說成：Be assertive! (要有衝勁！) 或 Be enterprising! (要有進取心！)【assertive〔əˈsɝtɪv〕*adj.* 有衝勁的 enterprising〔ˈɛntəˌpraɪzɪŋ〕*adj.* 有進取心的】

Be aggressive

41. Swallow our pride.

Swallow our pride.
Eat humble pie.
We need criticism to improve.

Ask for feedback.
Listen to opposing views.
See the big picture.

We can do it!
We can take the heat!
We can weather the storm!

　　這一回的九句話，旨在期許自己和他人達成目標，獲得階段性成功後，不要驕傲（Swallow our pride.），要謙虛（Eat humble pie.），我們需要批評才能進步（We need criticism to improve.）。

　　要廣納建言（Ask for feedback.），要聆聽不同的看法（Listen to opposing views.），要綜觀全局（See the big picture.）。

激勵士氣

要相信自己，我們可以做得到！（We can do it!）
我們可以忍受壓力！（We can take the heat!）我們可
以度過難關！（We can weather the storm!）

【背景説明】

1. **Swallow our pride**.（不要驕傲。）
   swallow〔'swɑlo〕v. 吞下；嚥下
   pride〔praɪd〕n. 驕傲；自豪

2. **Eat humble pie**.（要謙虛。）
   humble〔'hʌmbḷ〕adj. 謙虛的　　pie〔paɪ〕n. 派
   Swallow your pride. Eat humble pie. 這兩句話唸起來
   很順，不可説成：*Eat a humble pie.*（誤）。這兩句話字
   面的意思是「把驕傲吞下去。吃謙虛的餅。」也就是「不要
   驕傲。要謙虛。」

3. **We need criticism to improve**.
   （我們需要批評才能進步。）
   criticism〔'krɪtə,sɪzəm〕n. 批評
   improve〔ɪm'pruv〕v. 改善；進步

4. **Ask for feedback**.（要廣納建言。）
   ask for 要求
   feedback〔'fid,bæk〕n. 反饋；意見反應
   這句話字面的意思是「要求意見反應。」引申爲「要廣納
   建言。」

5. ***Listen to opposing views.*** (要聆聽不同的看法。)
   opposing〔 ə'pozɪŋ〕*adj.* 反對的
   view 可作「視力;視野;景色;風景畫」或是「看法;觀點」
   解,在此作「看法」解。

6. ***See the big picture.*** (要綜觀全局。)
   picture 可作「畫;畫像;圖片」;「(生動的) 描寫;寫照」
   或是「局面;狀況」解,在此作「局面」解。

   這句話字面的意思是「要看到大的圖像。」隱含的意思是
   「要了解局勢。」引申為「要縱觀全局。」

7. ***We can do it!*** (我們可以做得到!)

8. ***We can take the heat!*** (我們可以忍受壓力!)
   take〔 tek〕*n.* 忍受　　heat〔 hit〕*n.* 熱;壓力
   with criticism);忍受緊張的情況 (= *endure stressful
   conditions*)

   這句話的意思是「我們可以忍受壓力!」也可說成:We
   can handle the pressure! 或 We can deal with the
   stress! 意思都相同。【pressure〔'prɛʃɚ〕*n.* 壓力
   stress〔 strɛs〕*n.* 壓力】

9. ***We can weather the storm!*** (我們可以度過難關!)
   weather〔'wɛðɚ〕*v.* 平安度過 (暴風雨);經受住
   storm〔 stɔrm〕*n.* 暴風雨;大動盪
   weather the storm 經歷一段困難時期 (= *ride out the storm*)

   這句話是字面的意思是「我們可以平安度過暴風雨!」引申
   為「我們可以度過難關!」(= *We can ride out the storm!*)

42. *Be patient*.

Be patient.
Stick to our guns.
Sometimes we have to wait.

Our time will come.
Our ship will come in.
We are down but not out.

We can endure.
We can withstand anything.
We must persevere.

這一回的九句話，是激勵自己和他人面對困難和挑戰要堅持下去，要有耐心（Be patient.），堅持我們的立場（Stick to our guns.），成功不是一蹴可幾的，有時我們必須等待（Sometimes we have to wait.）。

我們大顯身手的時刻將會到來（Our time will come.），我們將會成功（Our ship will come in.）。可能在前往成功的道路上會遭遇阻礙，我們雖然落後但我們還沒出局（We are down but not out.）。

我們可以堅持下去（We can endure.），我們可以抵擋任何困難（We can withstand anything.），我們必須堅持到底（We must persevere.）。

【背景說明】

1. **Be patient**.（要有耐心。）
   patient〔'peʃənt〕*adj.* 有耐心的

2. **Stick to our guns**.（要堅持我們的立場。）
   stick to 堅持；忠於；信守（= *stick to* = *adhere to* = *hold on to* = *hang on to*）
   stick to *one's guns* 堅持立場

   Stick to our guns. 字面的意思是「手貼著我們的槍。」表示「我們堅持不舉手投降、準備抗爭。」引申爲「要堅持我們的立場。」

3. **Sometimes we have to wait**.（有時我們必須等待。）
   have to 必須（= *have got to*）

4. **Our time will come**.（我們大顯身手的時刻將會到來。）
   time 可作「時間；次；回；歷史時期；時代」或「時機；時刻；時候」解，在此作「時刻」解。

   這句話字面的意思是「我們的時刻將會到來。」引申爲「我們大顯身手的時刻將會到來。」

激勵士氣

5. ***Our ship will come in.*** (我們將會成功。)
come in 進來

這句話起源於幾個世紀以前,那時候很多人將錢投資於商船公司,由於當時的航行技術不比現在優良,加上海盜會劫取商船上的貨物及財物,許多船隻都敗給了天候狀況和海盜,只有少數的商船能完成航程,駛進港口停泊,為業主和商船投資者帶來獲利。所以這句話的字面意思是「我們的船將會進來。」引申為「我們將會成功。」

6. ***We are down but not out.***
(我們雖然落後,但我們還沒出局。)
down 當形容詞時,可作「下行的;向下的;情緒低落;意志消沉的」或「落後(於對手)的」解,在此作「落後的」解。
out 當形容詞時,可作「外側的;向外的」或「在野的;出局的」解,在此作「出局的」解。

這句話的意思是「我們是落後的,但不是出局的。」也就是「我們雖然落後,但我們還沒出局。」也可說成:We have experienced a setback, but we won't give up. (我們經歷了挫折,但我們不會放棄。)【setback〔'sɛt͵bæk〕*n.* 挫折】

7. ***We can endure.*** (我們可以堅持下去。)
endure〔ɪn'djur〕*v.* 忍受;持續

8. ***We can withstand anything.*** (我們可以抵擋任何困難。)
withstand〔wɪð'stænd〕*v.* 抵擋;反抗;耐得住;禁得起

9. ***We must persevere.*** (我們必須堅持到底。)
persevere〔͵pɝsə'vɪr〕*v.* 堅忍;堅持不懈;不屈不撓

宣誓英語

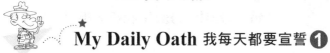

My Daily Oath 我每天都要宣誓 ❶

On my honor:	以我的名譽擔保：
I will love my parents.	我會愛我的父母。
I will love my country.	我會愛我的國家。
I will love my friends.	我會愛我的朋友。
I will obey my parents.	我會孝順父母。
I will respect my teachers.	我會尊敬師長。
I will help others at all times.	我會隨時幫助他人。
I will work hard.	我會努力用功。
I will pay attention.	我會專心上課。
I will always do my best.	我一定會盡力。
So help me God.	我發誓；上帝可以作證。

** ————————————————

On my honor 我以我的名譽擔保

obey〔ə'be〕*v.* 服從；聽從；遵守

respect〔rɪ'spɛkt〕*v.* 尊敬　　***at all times*** 隨時；永遠

work hard 努力工作　　***pay attention*** 注意

do one's ***best*** 盡力（ = *try one's best* ）

So help me God. 我發誓；上帝可以作證。【慣用句】

　（ = *As God is my witness.*【慣用句】）

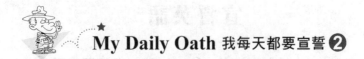

★ My Daily Oath 我每天都要宣誓 ❷

I solemnly swear:	我鄭重地發誓：
I will respect my parents.	我會尊敬我的父母。
I will do my duty to my country.	我要對國家盡一份責任。
I will trust my friends.	我要相信我的朋友。
I will take care of my parents.	我會照顧我的父母。
I will listen to my teachers.	我會聽老師的話。
I will be courteous at all times.	我一定會有禮貌。
I will give one hundred percent.	我要盡全力。
I will give total concentration.	我會專心上課。
I will never complain.	我絕不會抱怨。
So help me God.	我發誓；上帝可以作證。

** ───────────

solemnly〔ˈsɑləmlɪ〕*adv.* 莊嚴地；嚴肅地
swear〔swɛr〕*v.* 發誓　***do one's duty*** 盡責任
trust〔trʌst〕*v.* 信任　***take care of*** 照顧
courteous〔ˈkɝtɪəs〕*adj.* 有禮貌的　give〔gɪv〕*v.* 付出
one hundred percent 百分之百
total〔ˈtotḷ〕*adj.* 全體的；完全的；絕對的
concentration〔ˌkɑnsṇˈtreʃən〕*n.* 專心

My Daily Oath 我每天都要宣誓 ❸

On my honor, I promise:　　　　以我的名譽擔保，我承諾：

I will act with honesty and integrity.　我會行事誠實和正直。
I will respect the rules and regulations.　我會尊重規章和制度。
I will take responsibility for my
　actions.　　　　　　　　　　我會爲我的行爲負責。

I will not be afraid to ask questions.　我不會害怕問問題。
I will push myself to do better.　　我會鞭策自己做得更好。
I will face every challenge with
　courage.　　　　　　　　　　我會勇敢地面對每一個挑
　　　　　　　　　　　　　　　戰。

I will heed my teachers.　　　　我會注意聽老師的話。
I will honor my parents.　　　　我會尊敬我的父母。
I will not be satisfied with mediocrity.　我不會滿足於平庸。

So help me God.　　　　　　　我發誓；上帝可以作證。

** ───────────────

act〔ækt〕*v.* 行動；舉止；表現　　honesty〔'ɑnɪstɪ〕*n.* 誠實
integrity〔ɪn'tɛgrətɪ〕*n.* 正直
regulation〔ˌrɛgjə'leʃən〕*n.* 規則；規定
take responsibility for 爲…負責任　　push〔puʃ〕*v.* 驅策；逼
face〔fes〕*v.* 面對　　courage〔'kɝɪdʒ〕*n.* 勇氣
heed〔hid〕*v.* 留心；注意　　honor〔'ɑnɚ〕*n.* 向…致敬
mediocrity〔ˌmidɪ'ɑkrətɪ〕*n.* 平凡；平庸

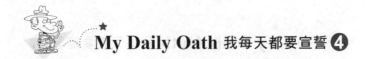

My Daily Oath 我每天都要宣誓 ❹

On my honor, I swear: | 以我的名譽擔保，我發誓：

I will believe in myself. | 我會相信我自己。
I will do my best at all times. | 我會在任何時候都盡我所能。
I will be proud of myself. | 我會為自己感到驕傲。

I will set goals. | 我會設定目標。
I will work hard to achieve these goals. | 我會努力達成這些目標。
I will make my parents proud of me. | 我會讓我的父母以我為榮。

I will treat my teachers with respect. | 我會尊重我的老師。
I will treat other students with kindness. | 我會和善對待其他學生。
I will not waste this day. | 我絕不會浪費這一天。

So help me God. | 我發誓；上帝可以作證。

—————————————————

believe in 相信；信任　　***be proud of*** 以～為榮；為～感到驕傲
set〔sɛt〕*v.* 設定　　achieve〔ə'tʃiv〕*v.* 達成
treat〔trit〕*v.* 對待　　kindness〔'kaɪndnɪs〕*n.* 親切；和藹

宣誓英語

My Daily Oath 我每天都要宣誓❺

I pledge:	我發誓：
To arrive on time.	要準時到校。
To wear the proper uniform.	要穿著整齊的制服。
To greet my teacher and take my seat.	和老師問好，並在座位上坐好。
To be prepared for the lesson.	預習課程內容。
To think before speaking.	開口前先思考。
To participate to the best of my ability.	要盡力參與。
To follow and obey the rules.	要遵守規則。
To treat my fellow students with respect.	要尊重我的同學。
To take my education seriously.	要認真看待我的教育。
So help me God.	我發誓；上帝可以作證。

** ─────────────

pledge〔plɛdʒ〕*v.* 發誓　　***on time*** 準時
proper〔'prɑpɚ〕*adj.* 適當的　　uniform〔'junə,fɔrm〕*n.* 制服
greet〔grit〕*v.* 迎接；和～打招呼　　***take one's seat*** 就座；坐下
prepared〔prɪ'pɛrd〕*adj.* 準備好的
participate〔par'tɪsə,pet〕*v.* 參與
to the best of *one's **ability*** 盡力　　follow〔'fɑlo〕*v.* 遵守
fellow〔'fɛlo〕*adj.* 同伴的；同事的；同類的
take ～ seriously 認真看待～

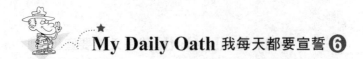

★My Daily Oath 我每天都要宣誓 ⑥

This I swear:	我發誓：
I am in school to learn.	我會在學校學習。
I will follow directions.	我會聽從指示。
I will not say unkind things to others.	我不會對他人說難聽的話。
I will not disturb others.	我不會打擾別人。
I will report problems to the teachers.	我會向老師報告問題。
I will try my very best.	我會盡我所能。
I will work quietly in my seat.	我會在位子上安靜用功。
I will respect school property.	我會尊重學校的財產。
I will seek the guidance of my parents.	我會尋求父母的指導。
So help me God.	我發誓；上帝可以作證。

**

swear〔swεr〕v. 發誓　directions〔dəˈrɛkʃənz〕n. pl. 指示；說明
unkind〔ʌnˈkaɪnd〕adj. 不仁慈的；不和善的；不客氣的
disturb〔dɪsˈtɝb〕v. 打擾　*try one's best* 盡力
quietly〔ˈkwaɪətlɪ〕adv. 安靜地
property〔ˈprɑpɚtɪ〕n. 財產；資產；所有物
seek〔sik〕v. 尋求　guidance〔ˈgaɪdn̩s〕n. 指導

My Daily Oath 我每天都要宣誓 7

On my honor, I promise:	以我的名譽擔保，我保證：
I will be on top of game my.	我會表現優異。
I will rise above the crowd.	我會出類拔萃。
I will take charge of my life.	我會對我的生活負責。
I will not settle for second best.	我不會退而求其次。
I will be the enemy of average.	我會反對普普通通。
I will not cheat.	我不會欺騙。
I will not take shortcuts.	我不會抄捷徑。
I will take responsibility for my actions.	我會對我的行為負責。
I will lead the way.	我會走在最前面。
So help me God.	我發誓；上帝可以作證。

**
on top of 在…的上方或上邊
on top of one's game 做好萬全準備；組織良好
rise〔raɪz〕*v.* 上升；起立　　crowd〔kraʊd〕*n.* 人群；大眾
rise above the crowd 顯示自己與眾不同
take charge of 負責；管理
settle for 滿足於；勉強接受（= *be satisfied with*）
enemy〔ˈɛnəmɪ〕*n.* 敵人；反對者
average〔ˈævərɪdʒ〕*n.* 普通；中等
shortcut〔ˈʃɔrtˌkʌt〕*n.* 捷徑　　*take a shortcut* 抄近路；走捷徑
lead the way 先行；帶路；處於領先的地位

宣誓英語

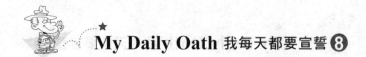

My Daily Oath 我每天都要宣誓 ⑧

On my honor: 以我的名譽擔保：

I refuse to be ordinary. 我拒絕平凡。
I refuse to be regular. 我拒絕普通。
I strive for excellence. 我會努力追求卓越。

I reach for the impossible. 我要努力達成不可能的任務。
I will make the grade. 我會成功。
I will distinguish myself. 我會讓自己表現傑出。

I will elevate my thinking. 我會提升自己的想法。
I must push my limits. 我必須超越極限。
I must accept every challenge. 我必須接受每一次挑戰。

So help me God. 我發誓；上帝可以作證。

** ─────────────────

reach for 伸手去拿；努力爭取
make the grade 達到理想標準；克服困難；成功
distinguish〔dɪˈstɪŋgwɪʃ〕*v.* 使傑出；使顯出特色；使出名
elevate〔ˈɛləˌvet〕*v.* 提高（道德品質、信心等）
push〔puʃ〕*v.* 擴展；擴大；增加　　limits〔ˈlɪmɪts〕*n. pl.* 極限
challenge〔ˈtʃælɪndʒ〕*n.* 挑戰

★ My Daily Oath 我每天都要宣誓 ⑨

On my honor, I swear:　　　　　　　以我的名譽擔保，我發誓：

To be a good member of my　　　　　要成爲家庭的好成員。
　family.

To be a good member of society.　　要成爲社會的好成員。

To remember the importance of　　要記得時間的重要性。
　time.

To work with courage in all my　　要有勇氣處理我所有的任
　tasks.　　　　　　　　　　　　　務。

To encourage the success of　　　要鼓勵他人能成功。
　others.

To always make an extra effort.　　總是要付出額外的努力。

To solve my own problems.　　　　要自行解決問題。

To ask for help when I need it.　　當需要時就尋求幫助。

To be ready to work every day.　　每天都要準備好去工作。

So help me God.　　　　　　　　　我發誓；上帝可以作證。

** ───────────────

swear〔swɛr〕v. 發誓　　courage〔ˈkʒɪdʒ〕n. 勇氣
encourage〔ɪnˈkʒɪdʒ〕v. 鼓勵　　*make an effort* 努力
extra〔ˈɛkstrə〕adj. 額外的　　solve〔salv〕v. 解決

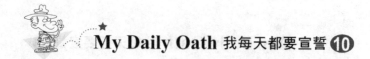

★ My Daily Oath 我每天都要宣誓 ⑩

On my honor:	以我的名譽擔保：
I pledge to succeed.	我發誓要成功。
I expect excellence.	我期待優異的表現。
I expect success.	我期望成功。
I will make something of myself.	我會有所成就。
I am smart.	我很聰明。
I can think, speak, read and write.	我會思考、說話、閱讀、寫字。
I obey my parents, and teachers.	我會服從我的父母和老師。
I value learning, life and liberty.	我重視學習、生活和自由。
I am responsible for my actions.	我會為自己的行為負責。
So help me God.	我發誓；上帝可以作證。

**　—————————————————**

pledge〔plɛdʒ〕*v.* 發誓　　excellence〔'ɛksləns〕*n.* 卓越；優秀

make something of oneself 有所成就；獲得成功

value〔'væljʊ〕*v.* 重視　　smart〔smɑrt〕*adj.* 聰明的

liberty〔'lɪbɚtɪ〕*n.* 自由　　***be responsible for*** 對～負責

My Daily Oath 我每天都要宣誓 ⑪

I make a personal commitment to:　　　我做出我個人的承諾：

Cooperate with authority.　　　　　要與專家合作。
Strive for excellence.　　　　　　　要努力追求卓越。
Build good moral character.　　　　　要建立道德高尚的人格。

Respect others and their property.　　要尊重他人及其財產。
Be truthful in my words and actions.　要言行合一。
Be upright in my relationships.　　　要正直待人。

Avoid immoral conduct.　　　　　　避要免不道德的行爲。
Refrain from any form of cheating.　　不要有任何形式的欺騙。
Bring honor to my family.　　　　　要爲我的家人爭光。

So help me God.　　　　　　　　　　我發誓；上帝可以作證。

**　─────────────**

commitment〔kə'mɪtmənt〕*n.* 承諾
cooperate〔ko'ɑpə‚ret〕*v.* 合作
authority〔ə'θɔrətɪ〕*n.* 權威人士；專家　　strive〔straɪv〕*v.* 努力
moral〔'mɔrəl〕*adj.* 道德的；品性端正的
character〔'kærɪktə〕*n.* 人格　　　truthful〔'truθfəl〕*adj.* 誠實的
upright〔'ʌp‚raɪt〕*adj.* 正直的
immoral〔ɪ'mɔrəl〕*adj.* 不道德的　　conduct〔'kɑndʌkt〕*n.* 行爲
refrain〔rɪ'fren〕*v.* 戒除；抑制 *<from>*　　honor〔'ɑnə〕*n.* 光榮

★ My Daily Oath 我每天都要宣誓 ⑫

I pledge:	我發誓：
I have a passion for knowledge.	我熱愛知識。
I have a thirst for success.	我有追求成功的渴望。
I am dedicated to achieving.	我致力於達成目標。
I know what needs to be done.	我知道必須做什麼事。
I won't waste time.	我不會浪費時間。
I will give it my all.	我會盡全力。
I will never give up.	我絕不會放棄。
I believe in myself.	我相信我自己。
I must be the best.	我一定是最棒的。
So help me God.	我發誓；上帝可以作證。

** ————————————————

passion〔'pæʃən〕*n.* 熱情；熱愛　　thirst〔θɝst〕*n.* 渴望
be dedicated to V-ing 致力於…
achieve〔ə'tʃiv〕*v.* 達成目標　　***give it*** *one's* ***all*** 盡全力

My Daily Oath 我每天都要宣誓 ⑬

This I swear:	我發誓：
I commit myself to responsible actions.	我一定會為自己的行為負責。
I accept the consequences of my deeds.	我接受我的行為所帶來的後果。
I always strive to do better.	我一定會努力做得更好。
I obey all instructions and guidelines.	我遵守所有的說明和指示。
I wait my turn.	我等待輪到我的時候。
I listen when others speak.	我會聆聽別人說的話。
I respect the rights of others.	我尊重別人的權利。
I communicate with kind words.	我會好好地和人溝通。
I complete all assignments on time.	我會按時完成所有功課。
So help me God.	我發誓；上帝可以作證。

** ————————————

commit** oneself **to 致力於
consequence (ˈkɑnsəˌkwɛns) *n.* 後果　　strive (straɪv) *v.* 努力
obey (əˈbe) *v.* 遵守　instructions (ɪnˈstrʌkʃənz) *n. pl.* 指示；說明
wait** one's **turn 等著輪到某人
guideline (ˈgaɪdˌlaɪn) *n.* 指導方針　　right (raɪt) *n.* 權利
complete (kəmˈplit) *v.* 完成　　***on time*** 準時

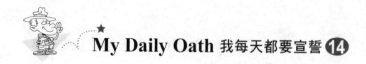

My Daily Oath 我每天都要宣誓 ⑭

My pledge:

我的誓言：

I come to school prepared.
I come ready to learn.
I have a positive attitude.

我會準備好才到學校。
我會準備好要學習才來。
我有積極的態度。

I give my best effort.
I am proud of who I am.
I am proud of my work.

我會盡我最大的努力。
我爲我自己感到驕傲。
我爲我的表現感到驕傲。

I respect others.
I use kind words.
I follow the rules.

我會尊重他人。
我會說好話。
我會遵循規定。

So help me God.

我發誓；上帝可以作證。

** —————————

pledge〔plɛdʒ〕*n.* 誓言；保證
positive〔'pɑzətɪv〕*adj.* 正面的；積極的
attitude〔'ætə,tjud〕*n.* 態度
give* one's *best effort 盡最大的努力　　***be proud of*** 以…爲榮
use〔juz〕*v.* 使用；說　　follow〔'falo〕*v.* 遵守

★My Daily Oath 我每天都要宣誓 ⑮

I pledge:

To be a person of good character.
To be worthy of trust.
To be respectful.

To be responsible.
To always act with fairness.
To be a good citizen.

To observe the rules and
　regulations.
To do my part.
To never make excuses.

So help me God.

我發誓：

會做一個品格良好的人。
會值得被信賴。
會對別人充滿敬意。

要有責任心。
總是行事公正。
要當個好公民。

要遵守規章制度。

要盡我的本分。
絕不會找藉口。

我發誓；上帝可以作證。

** ———————————————

character〔ˈkærɪktɚ〕*n.* 人格；性格
be worthy of 值得（= *deserve* ）
fairness〔ˈfɛrnɪs〕*n.* 公正；公平　　observe〔əbˈzɝv〕*v.* 遵守
regulation〔ˌrɛgjəˈleʃən〕*n.* 規定；規則　　***do one's part*** 盡本分
excuse〔ɪkˈskjus〕*n.* 藉口　　***make an excuse*** 找藉口；辯解

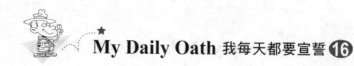

My Daily Oath 我每天都要宣誓 ⑯

On my honor:

以我的名譽擔保：

I will keep myself physically
strong and mentally awake.

我會保持身體強壯，頭腦
清楚。

I will hold myself to high standards.

我會要求自己達到高標準。

I will help others to do likewise.

我會幫助別人也這麼做。

I will obey the Golden Rule.

我會遵循金科玉律。

I will uphold the honor of my family.

我會光耀門楣。

I will be grateful for my teachers.

我會感激我的老師。

I will improve myself in every
area.

我會在各個領域中使自
己進步。

I will be accountable for my actions.

我會為自己的行為負責。

I will make the most of every day.

我會充分利用每一天。

So help me God.

我發誓；上帝可以作證。

＊＊──────────────

physically〔ˈfɪzɪkḷɪ〕*adv.* 身體上

mentally〔ˈmɛntḷɪ〕*adv.* 心理上；精神上

likewise〔ˈlaɪkˌwaɪz〕*adv.* 同樣地

Golden rule 金科玉律（即《聖經》中所說的「你要別人怎樣待你，
你也要怎樣待人」）   uphold〔ʌpˈhold〕*v.* 高舉；維護；維持

grateful〔ˈgretfəl〕*adj.* 感激的   area〔ˈɛrɪə〕*n.* 領域

accountable〔əˈkauntəbḷ〕*adj.* 應負責任的

make the most of 善加利用

★ **My Daily Oath** 我每天都要宣誓 ⓱

This I swear: | 我發誓：

I am ready to receive an education. | 我準備好接受教育。
I am ready to learn new things. | 我準備好要學習新東西。
I understand the importance of respect. | 我了解尊重的重要性。

I have expectations. | 我有期待。
I have goals. | 我有目標。
I am determined to achieve. | 我堅決要達成目標。

I will treat others with courtesy. | 我會以禮待人。
I will obey the rules. | 我會遵守規定。
I will be a positive influence on my peers. | 我會對我的同儕產生正面的影響。

So help me God. | 我發誓；上帝可以作證。

** ———————————————

expectation〔ˌɛkspɛk'teʃən〕*n.* 期待（*= anticipation*）
***be determined to V*.** 決心⋯　　achieve〔ə'tʃiv〕*v.* 達成目標
courtesy〔'kɝtəsɪ〕*n.* 禮貌（*= politeness*）
influence〔'ɪnfluəns〕*n.* 影響　　peer〔pɪr〕*n.* 同儕；同輩

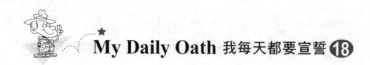

★ My Daily Oath 我每天都要宣誓 ⑱

I promise that: 我保證：

I will respect my teachers.   我會尊敬我的老師。
I will come to class with a smile.   我會帶著微笑去上課。
I will have a good attitude.   我會有良好的學習態度。

I will be prepared.   我會做好準備。
I will take notes.   我會做筆記。
I will make a positive   我會有正面的貢獻。
  contribution.

I will pay attention.   我會專心。
I will not be disruptive.   我不會搗蛋。
I will follow instructions.   我會遵照指示。

So help me God.   我發誓；上帝可以作證。

**_____

attitude〔'ætə,tjud〕*n.* 態度   ***take notes*** 做筆記
contribution〔,kɑntrə'bjuʃən〕*n.* 貢獻
pay attention to 專心；注意
disruptive〔dɪs'rʌptɪv〕*adj.* 破壞性的；引起混亂的

My Daily Oath 我每天都要宣誓 ⑲

On my honor, I swear:	以我的名譽擔保，我發誓：
To aim high.	要胸懷大志。
To learn from mistakes.	要從錯誤中學習。
To be humble and kind.	要謙虛善良。
To study hard.	要努力用功。
To think quietly.	要安靜思考。
To use my potential.	要發揮我的潛力。
To practice good study habits.	要有良好的讀書習慣。
To obey the rules.	要遵守規定。
To be honest and fair.	要誠實公平。
So help me God.	我發誓；上帝可以作證。

** ————————————

aim〔em〕*v.* 瞄準　　***aim high*** 目標訂得高；胸懷大志
humble〔ˋhʌmbḷ〕*adj.* 謙虛的
potential〔pəˋtɛnʃəl〕*n.* 潛力
practice〔ˋpræktɪs〕*n.* 實行；以⋯為習慣
fair〔fɛr〕*adj.* 公平的

★ My Daily Oath 我每天都要宣誓 ⑳

My daily commitment:	我每天的承諾：
I can excel!	我可以表現傑出！
I will achieve!	我可以達到目標！
I must succeed!	我一定要成功！
I can be better.	我可以更好。
I will always improve.	我會不斷改進。
I must think positive.	我必須正面思考。
I can be the best.	我可以是最好的。
I will try my best.	我會盡力。
I must achieve success.	我一定要成功。
So help me God.	我發誓；上帝可以作證。

**

daily〔ˈdelɪ〕*adj.* 每天的
commitment〔kəˈmɪtmənt〕*n.* 承諾；保證
excel〔ɪkˈsɛl〕*v.* 勝過別人；表現傑出
achieve〔əˈtʃiv〕*v.* 達成；獲得；達成目標
improve〔ɪmˈpruv〕*v.* 改善；進步
positive〔ˈpɑzətɪv〕*adj.* 正面的；積極的；樂觀的
think positive 正面思考　***try one's best*** 盡力

My Daily Oath 我每天都要宣誓 ㉑

I pledge:	我發誓：
To keep an open mind.	會保持開放的心胸。
To never say "I can't."	永遠不會說「我做不到。」
To always say "I'll try."	總是說「我會盡力。」
To never say "It's too hard."	永遠不會說「這太難了。」
To always say "I'll try again."	總是要說「我會再試試看。」
To never say "I'm finished."	永遠不會說「我完蛋了。」
To always say "What's next?"	總是會說「接下來是什麼？」
To never say "I'm bored."	永遠不會說「我好無聊。」
To always say "I'm curious."	總是會說「我很好奇。」
So help me God.	我發誓；上帝可以作證。

** ————————

open mind 開放的心態
I'm finished. 我完蛋了。(= *I'm dead.* = *My life is over.*)
next〔nɛkst〕*adv.* 接著
bored〔bord〕*adj.*（感到）無聊的；厭倦的
curious〔'kjʊrɪəs〕*adj.* 好奇的

宣誓英語

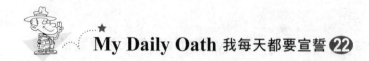

★
My Daily Oath 我每天都要宣誓 ㉒

My personal confirmation:	我個人證明以下為真：
I can be myself.	我能做自己。
I can follow my dreams.	我能勇敢追夢。
I can set my sight on success.	我能設定目標要成功。
I can handle any task.	我能處理任何任務。
I can face any challenge.	我能面對任何挑戰。
I can overcome any obstacle.	我能克服任何障礙。
I can lend a hand to others.	我能幫助別人。
I can be a model citizen.	我能成為一個模範公民。
I can make a difference.	我能有所作為。
So help me God.	我發誓；上帝可以作證。

**

confirmation〔͵kɑnfɚ'meʃən〕*n.* 確認；實證；證明
sight〔saɪt〕*n.* 視力；視野
set one's sight on 把眼光放在…；將目標設定在…
handle〔'hændḷ〕*v.* 應付；處理　　overcome〔͵ovɚ'kʌm〕*v.* 克服
obstacle〔'ɑbstəkḷ〕*n.* 障礙；阻礙　　***lead a hand to*** 幫助
model〔'mɑdḷ〕*adj.* 模範的　　citizen〔'sɪtəzn̩〕*n.* 公民
make a difference 有影響；有差別；關係重大

My Daily Oath 我每天都要宣誓 ❷❸

On my honor, I swear:　　　　　以我的名譽擔保，我發誓：

I will show respect for my　　　我會尊重我的學校。
　　school.
I will obey the rules.　　　　　我會遵守規則。
I will work hard in class.　　　　上課時我會用功讀書。

I will be kind at all times.　　　我會一直很友善。
I will do my best no matter　　　不論做什麼我都會盡力。
　　what.
I will value what I have.　　　　我會珍視我所擁有的。

I will solve problems　　　　　我會和平解決問題。
　　peacefully.
I will encourage good deeds.　　我會鼓勵善行。
I will be the best I can be.　　　我會盡力做到最好。

So help me God.　　　　　　　我發誓；上帝可以作證。

**

do one's best 盡力　　value〔'væljʊ〕*n.* 重視
peacefully〔'pisfʊlɪ〕*adv.* 和平地
encourage〔ɪn'kɝɪdʒ〕*v.* 鼓勵　　deed〔did〕*n.* 行為

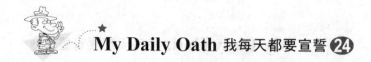

★ My Daily Oath 我每天都要宣誓 ㉔

I promise:　　　　　　　　　　　我保證：

I will be on time.　　　　　　　　我會準時。
I will have completed my　　　　我會完成我的家庭作業。
　homework.
I will have studied for the test.　我會為考試作準備。

I will follow instructions.　　　　我會遵照指示。
I will be respectful of my　　　　我會尊敬我的老師。
　teachers.
I will be courteous to my peers.　我會對同儕有禮貌。

I will be responsible.　　　　　　我會有責任感。
I will be trustworthy.　　　　　　我會是值得信任的。
I will do this every day.　　　　　我會每天都這樣做。

So help me God.　　　　　　　　我發誓；上帝可以作證。

**

---

on time 準時　　instructions〔ɪnˋstrʌkʃənz〕*n. pl.* 指示
respectful〔rɪˋspɛktfəl〕*adj.* 恭敬的 *< of >*
courteous〔ˋkɝtjəs〕*adj.* 有禮貌的　　peer〔pɪr〕*n.* 同儕
trustworthy〔ˋtrʌs͵wɝðɪ〕*adj.* 值得信任的

My Daily Oath 我每天都要宣誓 ㉕

We pledge to:	我們發誓：
Be respectful!	要充滿敬意！
Be responsible!	要負責任！
Be safe!	要注意安全！
Be honest!	要誠實！
Be hardworking!	要勤奮！
Be polite!	要有禮貌！
Be obedient!	要服從！
Be prepared!	要有所準備！
Be happy!	要開心！
So help me God.	我發誓；上帝可以作證。

** ───────────────

respectful ﹝rɪ'spɛktfəl﹞ *adj.* 尊敬的；恭敬的
responsible ﹝rɪ'spɑnsəbl﹞ *adj.* 負責任的
hardworking ﹝ˌhɑrd'wɜkɪŋ﹞ *adj.* 工作努力的；勤勉的
obedient ﹝ə'bidɪənt﹞ *adj.* 服從的

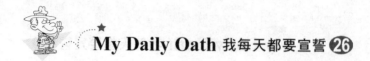

My Daily Oath 我每天都要宣誓 ㉖

We pledge to:

Act with integrity and honesty.
To be respectful, responsible,
　and safe.
Only do our best.

Lead, not follow.
Allow people to be themselves.
Hold ourselves accountable.

Develop good manners.
Dress appropriately.
Follow the policies.

So help me God.

我們發誓：

要行得正，坐得正。
要尊重別人、有責任心，
　並注意安全。
一定會盡力。

要領先，不落人後。
要讓他人做自己。
要表現我們的責任心。

要養成良好的禮儀。
要穿著得體。
要遵行既定的政策。

我發誓；上帝可以作證。

＊＊────────

integrity〔ɪn'tɛgrətɪ〕*n.* 正直　　honesty〔'ɑnɪstɪ〕*n.* 誠實
lead〔lid〕*v.* 領路；領先　　follow〔'falo〕*v.* 跟隨
allow〔ə'laʊ〕*v.* 讓　***hold oneself***（在舉止方面）表現
accountable〔ə'kaʊntəbḷ〕*adj.* 應負責任的
appropriately〔ə'proprɪˌetlɪ〕*adv.* 適當地；合適地
policy〔'pɑləsɪ〕*n.* 方針；政策

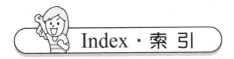

Index · 索引

索引

大聲用英文呼口號有助於
建立說英文的自信心。

「呼口號英語」和「宣誓英語」
可用在會話、作文與演講中。